POIROT RÉSOUT TROIS ÉNIGMES

AGATHA CHRISTIE

Poirot résout trois énigmes

TROIS NOUVELLES TRADUITES PAR ALEXIS CHAMPON

LIBRAIRIE DES CHAMPS-ÉLYSÉES

Titre original :

MURDER IN THE MEWS

Paru également sous le titre : *Le Miroir du mort.*

*A ma vieille amie
Sybil Heeley,
en témoignage d'affection.*

1

— Un penny pour ce pauv' Guy, m'sieur ?

Un gamin au visage crasseux lui adressait un sourire engageant.

— Certainement pas ! répliqua l'inspecteur Japp. Ecoute-moi bien, mon garçon...

Suivit une courte homélie. Le gosse battit précipitamment en retraite avec ce bref commentaire destiné à ses copains :

— Bon Dieu de bois ! si c'est pas un flic sapé en bourgeois...

Et la bande de s'enfuir à toutes jambes en psalmodiant :

> *N'oubliez jamais ! n'oubliez jamais*
> *Le 5 novembre désormais,*
> *Conspiration des Poudres*
> *Et trahison.*
>
> *Il n'y a pas de raison*
> *Pour que complot et trahison*
> *Ne menacent plus à l'horizon.*

Le compagnon de l'inspecteur principal, petit homme d'un âge certain, au crâne ovoïde et à la moustache conquérante, semblait sourire aux anges.

— Très bien, Japp, remarqua-t-il. Votre sermon était excellent. Félicitations !

— Répugnant prétexte à mendier, cette fête de Guy Fawkes ! maugréa Japp.

— Troublante réminiscence du passé, au contraire, rétorqua Hercule Poirot, songeur. Dire qu'on tire encore des feux d'artifice... bang ! bang ! bang !... alors que tout le monde a oublié depuis belle lurette en l'honneur de qui et de quoi.

— En effet, je ne pense pas que beaucoup de ces gosses sachent qui était au juste Guy Fawkes, acquiesça l'homme de Scotland Yard.

— Et ce qu'il y a de sûr, c'est que, bientôt, tout le monde confrondra tout. Tire-t-on ces feux d'artifice pour glorifier ou pour vilipender ? Vouloir faire sauter le Parlement de Londres, était-ce noble ou criminel ?

Japp gloussa.

— J'en connais qui seraient bien capables de parier pour la première hypothèse !

Quittant l'artère principale, les deux hommes s'enfoncèrent dans le calme relatif des Mews, ces anciennes écuries désormais aménagées en résidences de luxe. Ils avaient dîné ensemble et empruntaient maintenant un raccourci pour regagner l'appartement d'Hercule Poirot.

Tandis qu'ils cheminaient, des explosions de pétards leur parvenaient encore aux oreilles. Et, par moments, une pluie d'étincelles multicolores revenait illuminer le ciel.

— Belle soirée pour un meurtre, fit remarquer Japp en professionnel avisé. Personne n'entendrait un coup de feu par une nuit pareille.

— Cela m'a toujours paru bizarre qu'il n'y ait pas plus de criminels pour en profiter, renchérit Poirot.

— Je vous dois un aveu, Poirot. J'en arrive parfois

à souhaiter que ce soit *vous*, un jour, qui commettiez un meurtre.

— Cher ami !

— Si, si, je vous assure ! Ne serait-ce que pour voir après coup comment vous vous y étiez pris.

— Japp, mon tout bon, si d'aventure je commettais un meurtre, vous n'auriez pas la moindre chance de voir jamais comment je « m'y suis pris », comme vous dites. Vous ne vous apercevriez même pas qu'un meurtre a été commis.

Japp se mit à rire, d'un rire affectueux et bon enfant.

— Quel monstre de suffisance vous faites ! s'attendrit-il, indulgent.

À 11 heures et demie, le lendemain matin, le téléphone sonna chez Poirot.

— Allô, oui ?

— C'est vous, Poirot ?

— Qui croyez-vous que ça puisse être ?

— Japp à l'appareil. Vous vous souvenez que nous sommes rentrés par Bardsley Gardens Mews, hier soir ?

— Oui, et alors ?

— Et que nous avons remarqué à quel point il serait facile de tirer sur quelqu'un avec tout ce vacarme et ces pétards qui partaient dans tous les sens ?

— Evidemment.

— Eh bien il y a eu un suicide dans les Mews. Au n° 14. Une jeune veuve, Mrs Allen. J'y file de ce pas. Ça vous dirait de venir m'y retrouver ?

— Excusez-moi, très cher ami, mais est-ce que quelqu'un de votre importance se dérange d'ordinaire pour un suicide ?

— On ne peut rien vous cacher. Non, en général pas. Mais, en l'occurrence, notre légiste a l'air de penser que cette mort est bizarre. Viendrez-vous me rejoindre ? J'ai l'impression que c'est quelque chose pour vous.

— Bien sûr que je vous rejoins. Au n° 14, dites-vous ?

— C'est ça.

Poirot arriva à Bardsley Gardens Mews presque en même temps que la voiture qui amenait Japp et trois autres personnages.

Point n'était besoin de se casser la tête pour trouver la maison. La foule des grands jours se pressait déjà sur le trottoir : chauffeurs de maîtres, leurs bourgeoises, garçons livreurs, traîne-savate, promeneurs endimanchés, enfants en pagaille, tous, fascinés et bouche ouverte, regardaient le n° 14.

Sur le perron, un constable s'efforçait d'éloigner les curieux. Quelques énergumènes agités, qui s'affairaient avec des appareils photos, se précipitèrent sur Japp à sa descente de voiture.

— Rien pour l'instant, grommela l'inspecteur en les repoussant. (Il fit un signe de tête à Poirot.) Entrons, si vous voulez bien.

Ils s'engouffrèrent dans la maison, le battant se referma sur eux et ils se retrouvèrent serrés au pied d'un escalier aussi raide et étroit qu'une échelle de pompier.

Un homme apparut en haut, sur le palier, et reconnut Japp.

— Par ici, monsieur.

Japp et Poirot grimpèrent à l'étage en ahanant.

L'homme ouvrit une porte sur la gauche et les introduisit dans une petite chambre à coucher.

— Vous devez souhaiter que je vous fasse un point rapide sur la question, monsieur ?

— En effet, Jameson, répondit Japp. Alors ?

L'inspecteur Jameson résuma la situation :

— La défunte est une certaine Mrs Allen, monsieur. Elle habitait ici avec une amie... miss Plenderleith. Miss Plenderleith vient de faire un séjour à la campagne. Elle est rentrée ce matin, a ouvert avec sa clef et a eu la surprise de ne trouver personne. En principe, une femme de ménage vient tous les matins à 9 heures. Elle est d'abord montée dans sa chambre — celle-ci —, puis elle est allée chez son amie, de l'autre côté du palier. La porte était fermée de l'intérieur. Elle a fait jouer la poignée, frappé, appelé sans obtenir de réponse. Inquiète, elle a fini par téléphoner au poste de police. Il était 11 heures moins le quart. Nous sommes venus tout de suite et nous avons forcé la porte. Mrs Allen était recroquevillée par terre, une balle dans la tête. Elle tenait un automatique à la main — un Webley 25 — et le suicide semblait évident.

— Où est miss Plenderleith à l'heure qu'il est ?

— En bas, dans le salon, monsieur. Si vous voulez mon avis, c'est une jeune femme efficace, qui n'a pas froid aux yeux et qui a les pieds sur terre.

— Bon, je l'interrogerai plus tard. Je préfère commencer par voir Brett.

Accompagné de Poirot, il traversa le palier pour se rendre dans la chambre en face. Un homme d'un certain âge leva les yeux à leur entrée et leur adressa un signe de tête.

— Salut, Japp ! Content de vous voir arriver. Drôle d'histoire, tout ça.

Japp alla lui serrer la main. Poirot en profita pour jeter un rapide coup d'œil autour de lui.

Cette pièce était beaucoup plus grande que celle qu'ils venaient de quitter. Dotée d'une fenêtre en encorbellement, elle n'était pas, comme l'autre, simple chambre à coucher. Elle faisait, de toute évidence, également office de salon.

Les murs étaient d'un gris argenté, le plafond, vert émeraude. Des rideaux vert argent, aux motifs avant-gardistes, faisaient le pendant à un divan couvert d'un jeté de soie vert émeraude et jonché de coussins or et argent. Un secrétaire ancien en noyer, une commode, quelques fauteuils chromés résolument modernes et une table blasse — sur laquelle

trônait un gros cendrier rempli de mégots — com-
plétaient l'ameublement.

Hercule Poirot huma délicatement l'air ambiant.
Puis il s'approcha de Jeff qui examinait le cadavre.

Recroquevillé sur le sol comme s'il était tombé
d'un des fauteuils, c'était le corps d'une jeune
femme d'environ vingt-sept ans. Le côté gauche de
son crâne n'était plus guère qu'un amas de sang coa-
gulé. Les doigts de sa main droite étaient crispés sur
un petit revolver. Elle portait une robe vert foncé
très simple, montant au ras du cou.

— Alors, Brett, qu'est-ce qui ne colle pas ?

— La position est normale, répondit le médecin.
Si c'était elle qui avait tiré, elle aurait glissé de son
fauteuil et se serait probablement retrouvée par
terre dans cette position. La porte était fermée à
double tour et les fenêtres bloquées de l'intérieur.

— Tout ça est normal, d'après vous. Alors qu'est-
ce qui ne l'est pas ?

— Regardez le revolver. Je ne l'ai pas touché...
j'attends qu'on relève les empreintes. Mais vous
devez voir ce que je veux dire.

Poirot et Japp s'agenouillèrent pour examiner
l'arme de près.

— Je vois très bien, en effet, ce que vous voulez
dire, déclara Japp en se relevant. Le revolver est
dans le creux de sa main. On *dirait* qu'elle le tient,
mais en réalité elle *ne le tient pas*. Autre chose
encore ?

— Beaucoup de choses. Le revolver est dans la
main droite. Maintenant, regardez la blessure. On a
tenu le revolver tout près de la tête, juste au-dessus
de l'oreille gauche... je répète : l'oreille *gauche*.

— Hum ! fit Japp. Voilà qui semble régler le problème. Elle ne pouvait pas tenir un revolver et tirer
de la main droite dans cette position, c'est ça ?

— A mon avis, c'est rigoureusement impossible.
Vous pourriez braquer l'arme de cette façon, mais je
ne crois pas que vous pourriez tirer.

— Cela semble assez évident. Quelqu'un d'autre a

tiré et a essayé de déguiser ça en suicide. Mais la porte et la fenêtre fermées, dans ce cas ?

L'inspecteur Jameson intervint :

— Pour ce qui est de la fenêtre, le loquet était mis. Mais pour la porte, bien qu'elle ait été fermée à double tour, *nous n'avons pas réussi à retrouver la clef.*

Japp hocha la tête :

— Manque de chance pour l'assassin ! Il a fermé la porte en partant, espérant que personne ne remarquerait l'absence de la clef.

— Ce n'est pas malin, ça ! marmonna Poirot.

— Allons, Poirot ! Ne jugez pas tout le monde à l'aune de votre brillante intelligence, mon vieux ! En réalité, c'est le genre de petit détail qui passe souvent inaperçu. La porte est fermée. On la force. On trouve une femme morte, un revolver dans la main. Suicide sans équivoque. Elle s'est enfermée pour accomplir son acte. Qui va se mettre à chercher des clefs ? En réalité, c'est un coup de veine que miss Plenderleith ait téléphoné à la police. Elle aurait pu faire appel à un passant quelconque pour enfoncer la porte, et la question de la clef n'aurait jamais été soulevée.

— Oui, vous avez sans doute raison, remarqua Hercule Poirot. C'est la réaction naturelle de la plupart des gens. On n'appelle la police qu'en désespoir de cause, n'est-ce pas ?

Il avait toujours les yeux rivés sur le corps.

— Quelque chose vous frappe ? demanda Japp.

Hercule Poirot secoua lentement la tête :

— Je regardais sa montre-bracelet.

Il se pencha et la toucha du doigt. C'était un bijou délicatement ouvragé, attaché par un ruban de moire noire au poignet de la main qui tenait le revolver.

— Bel objet, observa Japp. Ça doit coûter une fortune. Quelque chose à trouver là-dedans, Poirot ?

— Peut-être... oui...

Poirot s'approcha du secrétaire. Il était du type à

abattant. Et en parfaite harmonie avec la tonalité de l'ensemble.

Il y avait un encrier en argent massif au centre, devant un élégant sous-main laqué vert. A gauche du buvard, un plumier de verre teinté dans la masse contenait un porte-plume en argent, un bâton de cire verte, un crayon et deux timbres. A droite du sous-main, un calendrier mobile donnait le jour de la semaine, la date et le mois. Il y avait aussi un petit vase de verre moiré dans lequel était piquée une plume d'oie d'un flamboyant vert émeraude. La plume parut intéresser vivement Poirot. Il la sortit, l'examina, mais elle était vierge d'encre. C'était un objet purement décoratif. Seul le porte-plume en argent était taché et devait servir. Poirot consulta le calendrier.

— Mardi 5 novembre, dit Japp. Hier. Pas de problème.

Il se tourna vers Brett :

— Depuis combien de temps est-elle morte ?

— Elle a été tuée hier soir à 23 h 33, répondit Brett aussitôt.

Devant l'air surpris de Japp, il sourit :

— Excusez-moi, mon vieux, je n'ai pas pu résister à l'envie de jouer au super-toubib de roman. En réalité, 23 heures est ce que je peux vous donner de plus probable, avec une marge d'erreur d'une demi-heure avant ou après.

— Oh ! je pensais que sa montre-bracelet s'était arrêtée, ou quelque chose dans ce goût-là.

— Pour s'être arrêtée, elle s'est arrêtée... mais à 4 heures et quart, hélas !

— Et, bien sûr, elle n'a pas pu être tuée à 4 heures et quart ?

— Vous pouvez vous ôter tout de suite cette idée de la tête.

Poirot avait ouvert le sous-main.

— Elle n'était pas mauvaise, grommela Japp. Dommage qu'elle ne donne rien.

Le sous-main ne renfermait qu'un bloc de buvard

blanc, dont la première feuille était vierge. Poirot les feuilleta, mais elles étaient toutes dans le même état.

Il reporta son attention sur l'examen de la corbeille à papiers.

Elle contenait quelques lettres et prospectus déchirés. Mais déchirés ils ne l'étaient qu'en deux et les reconstituer n'était pas difficile : une demande d'aide pour une œuvre d'assistance aux anciens combattants, une invitation à une soirée le 3 novembre, un rendez-vous chez la couturière, l'annonce de soldes chez un fourreur et un catalogue de grand magasin.

— Rien là-dedans, commenta Japp.

— Non, c'est curieux..., marmonna Poirot.

— Vous voulez dire qu'on laisse généralement une lettre quand on se suicide ?

— Exactement.

— En fait, c'est une preuve de plus qu'*il ne s'agit pas d'un suicide.*

Il s'éloigna :

— Il faut que j'aille mettre mes hommes au travail. Et nous ferions bien de descendre interroger miss Plenderleith. Vous venez, Poirot ?

Celui-ci semblait encore fasciné par le secrétaire et ses accessoires.

En sortant, il se retourna pour jeter un dernier coup d'œil à cette splendide plume d'oie d'apparat.

2

Au pied de l'étroit escalier, une porte donnait sur un grand salon — en fait les anciennes écuries aménagées. Dans cette pièce aux murs crépis ornés d'eaux-fortes et de gravures sur bois, deux personnes étaient installées.

La première, nichée au creux d'un fauteuil près de la cheminée et la main tendue vers les flammes, était une jeune femme brune de vingt-sept à vingt-huit ans, à l'air posé. L'autre, une matrone d'âge canonique et de généreuse corpulence, munie d'un cabas à provisions et qui pérorait d'une voix asthmatique au moment où les deux hommes arrivèrent.

— ... et comme c'est que je vous le disais, miss, j'en ai eu les sangs si retournés que j'ai failli m'évanouir sur le carreau. Et quand je pense que, ce matin entre mille, voilà-t-il pas que...

La jeune femme l'interrompit :

— Taisez-vous, Mrs Pierce. Ces messieurs sont de la police, je crois.

— Miss Plenderleith ? demanda Japp en s'avançant.

— C'est bien moi. Et voici Mrs Pierce, qui vient tous les jours faire le ménage.

L'intarissable Mrs Pierce repartit de plus belle :

— Comme c'est que je le disais à miss Plenderleith pas plus tard qu'à l'instant, voilà-t-il pas que ce matin entre tous il aura fallu que ma sœur Louisa Maud se prenne une maladie et que j'soye la seule sous la main, mais, comme dit l'autre, la chair et le sang, c'est la chair et le sang, et j'ai pensé que Mrs Allen n'y verrait rien à redire, même si ça ne me plaît pas de jouer des tours comme ça à mes maîtresses...

Japp l'interrompit adroitement :

— Je me mets à votre place, Mrs Pierce. Maintenant, vous pourriez peut-être emmener l'inspecteur Jameson dans la cuisine et lui faire une brève déposition.

S'étant débarrassé de la volubile Mrs Pierce, qui s'en fut avec Jameson tout en continuant à faire tourner son moulin à paroles, Japp s'adressa de nouveau à la jeune femme :

— Je suis l'inspecteur principal Japp. A présent, miss Plenderleith, j'aimerais que vous me racontiez tout ce que vous pouvez à propos de cette histoire.

— Bien sûr. Par où voulez-vous que je commence ?

Son sang-froid était admirable. Elle ne manifestait aucun signe de douleur ni d'émotion, sinon une certaine raideur dans les manières.

— A quelle heure êtes-vous arrivée ce matin ?

— Un peu avant 10 heures et demie, je crois. Mrs Pierce, cette vieille menteuse, n'était pas là...

— Ça lui arrive souvent ?

Jane Plenderleith haussa les épaules :

— Environ deux fois par semaine, elle n'arrive qu'à midi, ou alors pas du tout. En principe, elle doit être là à 9 heures. En fait, comme je vous l'ai dit, deux fois par semaine, ou bien elle « se sent toute chose » ou bien un membre de sa famille est mourant. Elles sont toutes pareilles, ces femmes de ménage, on ne peut pas compter dessus. Celle-ci n'est pas pire que les autres.

— Vous l'avez depuis longtemps ?

— Un peu plus d'un mois. La précédente chapardait.

— Continuez, je vous prie.

— J'ai réglé le taxi, rentré ma valise, cherché Mrs Pierce et, comme je ne la trouvais pas, je suis montée dans ma chambre. J'ai fait un peu de rangement, puis je suis allée chez Barbara — Mrs Allen — et j'ai trouvé porte close. J'ai fait jouer la poignée, frappé, sans obtenir de réponse. Sur quoi je suis redescendue et j'ai téléphoné à la police.

— Excusez-moi, intervint Poirot. Il ne vous est pas venu à l'idée d'essayer d'enfoncer la porte, en demandant de l'aide à un chauffeur du coin, par exemple ?

Elle tourna vers le petit homme ses yeux gris-vert au regard tranquille. Elle parut se faire de lui un jugement rapide :

— Non, je ne crois pas y avoir songé. S'il se passait quelque chose d'anormal, la police me semblait tout indiqué.

— Vous avez donc pensé — pardonnez-moi

encore, mademoiselle — qu'il se passait quelque chose d'anormal ?

— Evidemment.

— Parce qu'on ne répondait pas aux coups que vous frappiez ? Mais votre amie aurait pu prendre un somnifère, par exemple...

— Elle ne prenait pas de somnifères.

La réponse était venue, tranchante.

— Elle aurait pu aussi être sortie et avoir fermé sa porte avant de s'en aller.

— Pourquoi la fermer ? Et puis, de toute façon, elle m'aurait laissé un mot.

— Et elle ne vous en a pas laissé un ? Vous en êtes sûre et certaine ?

— Evidemment. Sinon je l'aurais vu tout de suite.

Le ton était de plus en plus tranchant.

— Vous n'avez pas essayé de regarder par le trou de la serrure, miss Plenderleith ? demanda Japp.

— Non, répondit Jane Plenderleith, pensive. Ça ne m'est pas venu à l'esprit. Et puis d'ailleurs, qu'est-ce que j'aurais vu ? La clef devait être dans la serrure, non ?

Elle interrogeait Japp de ses yeux innocents grand ouverts.

— Vous avez bien fait, miss Plenderleith, affirma Japp. Rien, j'imagine, ne vous laissait supposer que votre amie pourrait se suicider ?

— Oh, non !

— Elle ne vous avait pas paru déprimée, ou inquiète ?

Il y eut un silence — un silence appréciable — avant que la jeune femme ne répondît :

— Non.

— Saviez-vous qu'elle possédait un revolver ?

Jane Plenderleith hocha la tête :

— Oui, elle l'avait rapporté des Indes. Elle le gardait toujours dans un tiroir de sa chambre.

— Hum ! Elle avait un permis ?

— Je suppose. Mais en fait, rien ne me le prouve.

— A présent, miss Plenderleith, pourriez-vous me

préciser tout ce que vous savez sur Mrs Allen : depuis combien de temps vous la connaissiez, où habite sa famille... enfin, tout.

Jane Plenderleith hocha la tête derechef :

— Je connais Barbara depuis environ cinq ans. J'ai fait sa connaissance à l'occasion d'un voyage à l'étranger — en Egypte, pour être plus précise. Elle rentrait des Indes. Moi, j'avais suivi des cours à l'Ecole anglaise d'Athènes et je passais quelques semaines en Egypte avant de regagner l'Angleterre. Nous avons fait ensemble une croisière sur le Nil. Nous avons sympathisé et décidé que nous étions faites pour nous entendre. A l'époque, je cherchais quelqu'un pour partager avec moi un appartement ou une petite maison, et Barbara était seule au monde. Nous nous sommes dit que ça marcherait très bien.

— Et ça a très bien marché ? demanda Poirot.

— Comme sur des roulettes. Nous avions chacune nos amies, ce qui valait sans doute beaucoup mieux : Barbara avait des goûts plus mondains, moi, je préfère le genre artiste.

— Que savez-vous de la famille de Mrs Allen et de sa vie avant votre rencontre ?

Jane Plenderleith haussa les épaules :

— Pas grand-chose en vérité. Je crois que son nom de jeune fille était Armitage.

— Et son mari ?

— J'ai l'impression que ce n'était pas le genre d'individu qui vous incite à pavoiser. Je crois qu'il buvait. Si je ne m'abuse, il est mort un an ou deux après leur mariage. Ils ont eu un enfant, une petite fille, qui est morte à l'âge de trois ans. Barbara ne parlait pas beaucoup de son mari. Elle s'était mariée aux Indes, je crois bien, et elle devait avoir dix-sept ans. Ensuite, lui a été muté à Bornéo ou dans un de ces trous perdus où on expédie les bons à rien... mais comme c'était manifestement un sujet doulou- reux, je me suis abstenue de poser des questions.

— Avait-elle des difficultés financières ?

— Non. Je suis sûre que non.

— Pas de dettes, rien dans ce goût-là ?

— Oh, non ! Je ne la vois pas du tout dans ce type de pétrin.

— Maintenant, je voudrais vous poser une autre question, fit Japp. J'espère qu'elle ne vous choquera pas, miss Plenderleith. Mrs Allen avait-elle un ami masculin en particulier ou... plusieurs amis masculins ?

— Elle était fiancée, si c'est ce que vous voulez savoir.

— Comment s'appelle le fiancé en question ?

— Charles Laverton-West. Il est député d'une circonscription du Hampshire.

— Elle le connaissait depuis longtemps ?

— Un peu plus d'un an.

— Elle était fiancée depuis quand ?

— Deux... non, plutôt trois mois.

— Ils n'ont pas eu de dispute, à votre connaissance ?

— Non. Si ça s'était passé, j'en aurais été stupéfaite. Faire des scènes, ce n'était pas dans le caractère de Barbara.

— Quand avez-vous vu Mrs Allen pour la dernière fois ?

— Vendredi, juste avant de partir pour le week-end.

— Mrs Allen devait rester en ville ?

— Oui, elle avait prévu de sortir dimanche avec son fiancé, je crois.

— Vous-même, où avez-vous passé le week-end ?

— A Laidells Hall, Laidells, Essex.

— Et comment s'appellent les gens chez qui vous étiez ?

— Mr et Mrs Bentinck.

— Vous les avez quittés ce matin seulement ?

— Oui.

— Vous avez dû partir très tôt ?

— Mr Bentinck m'a raccompagnée en voiture. Il

se lève de bonne heure, car il doit être à son bureau de la City à 10 heures.

— Je vois.

Japp hocha la tête, satisfait. Les réponses de miss Plenderleith avaient toutes été précises et convaincantes.

A son tour, Poirot posa une question :

— Que pensez-vous de Mr Laverton-West ?

La jeune femme haussa les épaules :

— Ça a de l'importance ?

— Ça n'en a peut-être aucune. Mais j'aimerais avoir votre opinion.

— Je n'y ai pas beaucoup réfléchi. Il est jeune — pas plus de trente et un ou trente-deux ans —, ambitieux, il a la parole facile et l'intention bien arrêtée de faire son chemin dans la vie.

— Ça, c'est à porter à son crédit... Et à son débit ?

— Comment dire ? répondit miss Plenderleith en réfléchissant. A mon avis, il est assez commun... ses idées ne sont pas particulièrement originales... et je le trouve un tantinet pompeux.

— Ce ne sont pas des défauts très graves, mademoiselle, fit Poirot en souriant.

— Ah, vous trouvez ?

Le ton ne manquait pas d'ironie.

— Ils le sont peut-être pour vous..., fit-il en la regardant dans les yeux.

Comme elle paraissait un peu déconcertée, il poursuivit son avantage :

— ... mais pour Mrs Allen ? Non, elle ne les remarquait sans doute pas.

— Vous avez mille fois raison. Barbara le trouvait merveilleux et le prenait pour ce qu'il se donnait.

— Vous l'aimiez beaucoup, votre amie ? murmura Poirot.

Il vit sa main se crisper sur son genou, sa mâchoire se contracter, mais elle répondit d'une voix neutre, dénuée d'émotion :

— C'est exact. Beaucoup.

— Une dernière question, miss Plenderleith,

intervint Japp. Vous ne vous étiez pas disputée avec elle ? Il n'y avait pas de différend entre vous ?

— Aucun. D'aucun genre.

— A cause de ses fiançailles, peut-être ?

— Certainement pas. J'étais ravie de voir que ça la rendait heureuse.

Le silence se fit. Puis Japp reprit :

— A votre connaissance, Mrs Allen avait des ennemis ?

Cette fois-ci, Jane Plenderleith mit bel et bien un certain temps à répondre. Quand elle s'y décida, ce fut d'un ton légèrement changé :

— Qu'entendez-vous au juste par ennemis ?

— N'importe qui, par exemple quelqu'un à qui sa mort pourrait profiter.

— Oh, non, ça serait ridicule. Elle ne disposait que d'une rente très modeste.

— Et qui hérite de cette rente ?

Jane Plenderleith parut un peu perplexe :

— Figurez-vous que je n'en sais rien du tout. Je ne serais pas étonnée que ce soit moi. A condition qu'elle ait fait un testament.

— Et des ennemis d'une autre sorte ? demanda Japp, passant rapidement sur le sujet. Des gens qui auraient pu lui en vouloir ?

— Je ne pense pas que quiconque ait jamais pu lui en vouloir. Elle était gentille comme tout et cherchait toujours à faire plaisir. C'était vraiment quelqu'un d'adorable.

Pour la première fois, sa voix dénuée d'émotion se brisa. Poirot lui fit gentiment un petit signe de tête.

— Voilà donc comment se présente la situation, résuma Japp : Mrs Allen était de très bonne humeur ces derniers temps, elle n'avait pas de difficultés financières, elle allait se marier et en était heureuse. Pas la moindre raison au monde de se suicider. C'est bien ça, non ?

Jane resta un instant silencieuse avant de répondre :

— Si.

Japp se leva :

— Excusez-moi. J'ai un mot à dire à l'inspecteur Jameson.

Il sortit.

Hercule Poirot resta en tête à tête avec Jane Plenderleith.

3

Ils demeurèrent un long moment silencieux.

Jane Plenderleith avait jaugé Poirot d'un coup d'œil, sur quoi elle s'était mise à regarder droit devant elle sans souffler mot. Seule une certaine nervosité indiquait qu'elle avait conscience de sa présence. Quand Poirot rompit enfin le silence, le seul son de sa voix parut déjà la soulager. Sur le ton de la conversation la plus banale et terre à terre, il lui demanda :

— Quand avez-vous allumé le feu, mademoiselle ?

— Le feu ? Oh, ce matin, dès que je suis arrivée, répondit-elle distraitement.

— Avant de monter dans votre chambre, ou après ?

— Avant.

— Je vois. Oui, évidemment... Il était déjà prêt ou avez-vous eu besoin de le préparer ?

— Il était prêt. Je n'ai eu qu'à y mettre une allumette.

Elle paraissait un peu agacée. Elle le soupçonnait manifestement d'avoir envie de faire la conversation, sans plus. C'était peut-être le cas. Quoi qu'il en soit, il poursuivit sur le même ton badin :

— Mais dans la chambre de votre amie, j'ai remarqué qu'il y avait un chauffage à gaz.

— Celle-ci est notre seule cheminée à charbon, répondit machinalement Jane Plenderleith. Toutes les autres pièces sont chauffées au gaz.

— La cuisine, vous la faites aussi au gaz ?

— Comme tout le monde, je suppose.

— C'est vrai. Ça donne moins de travail.

La conversation tomba. Jane Plenderleith tapotait le sol du pied. Soudain, elle demanda tout à trac :

— Cet homme — l'inspecteur Japp —, il est considéré comme astucieux ?

— Il est très compétent. Oui, il a très bonne réputation. Il travaille avec acharnement et peu de choses lui échappent.

— Je me demande..., poursuivit la jeune femme.

Poirot l'observait. A la lumière du feu, ses yeux paraissaient très verts. Il lui demanda d'un ton neutre :

— Ç'a été un grand choc pour vous, la mort de votre amie ?

— Terrible.

Elle avait répondu avec une brusque sincérité.

— Vous ne vous y attendiez pas, n'est-ce pas ?

— Bien sûr que non.

— Si bien qu'au premier abord, ç'a dû vous paraître impossible ? Vous n'êtes pas arrivée à y croire ?

La sympathie qu'exprimaient ces propos sembla briser les défenses de Jane Plenderleith. Abandonnant toute raideur, elle répondit avec vivacité et naturel :

— C'est exactement ça. Même si Barbara s'est bel et bien suicidée, je n'arrive pas à imaginer qu'elle *ait pu le faire de cette façon-là*.

— Pourtant, elle possédait un revolver ?

Jane Plenderleith eut un geste d'impatience :

— Oui, mais ce n'était qu'un... bah ! qu'un souvenir. Elle avait voyagé dans des coins reculés. Elle le gardait par habitude, sans autre idée derrière la tête. Ça, j'en suis sûre.

— Tiens, tiens ! Et comment pouvez-vous en être sûre ?

— A cause de choses qu'elle m'a dites.

— Telles que... ?

Le ton de Poirot était amical, chaleureux. Elle se laissa aller :

— Eh bien, par exemple, nous discutions suicide, un jour, et elle m'a dit que le plus sûr moyen d'en finir serait encore d'ouvrir le gaz, de calfeutrer toutes les fissures et de se fourrer tout bonnement au lit. J'ai rétorqué que je préférerais de beaucoup me tirer une balle dans la tête. Ce à quoi elle m'a répondu qu'elle ne pourrait jamais faire une chose pareille. Elle aurait trop peur de se rater. Et puis, de toute façon, rien que la perspective du bruit l'horrifiait.

— Oui, murmura Poirot. Comme vous dites, c'est bizarre... Parce que après tout, ainsi que vous me l'avez fait remarquer, *il y avait un radiateur à gaz dans sa chambre.*

Jane Plenderleith le dévisagea, stupéfaite :

— Oui, il y en avait un... Je ne comprends pas — non, je ne comprends pas pourquoi elle n'a pas choisi ce moyen-là.

Poirot secoua la tête :

— N'est-ce pas ? C'est bizarre — pas normal, d'une certaine façon.

— Toute cette histoire n'est pas normale. Je n'arrive toujours pas à croire qu'elle se soit tuée. Je suppose qu'il s'agit bien d'un suicide ?

— Ma foi, il y a bien une autre possibilité.

— Que voulez-vous dire ?

Poirot la regarda droit dans les yeux :

— Cela pourrait être... un meurtre.

— Oh, non ! s'écria Jane Plenderleith avec un mouvement de recul. Oh, non ! Quelle idée abominable.

— Abominable, peut-être bien. Mais est-ce que cela vous paraît impossible ?

— Mais la porte était fermée à double tour de l'intérieur. Et le loquet de la fenêtre était mis.

— La porte était fermée à double tour, oui. Mais rien n'indique qu'elle l'ait été de l'intérieur plutôt que de l'extérieur. Car, voyez-vous, *la clef a disparu.*

— Mais alors — si elle a disparu... (Elle réfléchit deux secondes.) Alors elle a dû être fermée *de l'extérieur.* Sans ça la clef se trouverait bien quelque part dans la chambre.

— Oh, rien ne dit qu'elle n'y soit pas vraiment. N'oubliez pas que la pièce n'a pas encore été passée au peigne fin. A moins encore qu'on ne l'ait jetée par la fenêtre et que quelqu'un l'ait ramassée.

— Un meurtre ! gémit Jane Plenderleith.

Elle ne rejetait plus cette éventualité, et on voyait sur son visage intelligent que son cerveau s'était déjà mis au travail.

— Mais à tout meurtre il se doit d'y avoir un mobile. Entrevoyez-vous un mobile, mademoiselle ?

Elle secoua lentement la tête. Et pourtant, en dépit de ce démenti, Poirot eut de nouveau l'impression que Jane Plenderleith lui cachait quelque chose.

La porte s'ouvrit et Japp entra.

Poirot se leva :

— J'étais en train de suggérer à miss Plenderleith que la mort de son amie n'était peut-être pas un suicide.

Japp parut un instant contrarié. Il jeta à Poirot un regard de reproche.

— Il est trop tôt pour apporter des conclusions définitives, fit-il remarquer. Il faut toujours tenir compte de toutes les éventualités, comprenez-vous. Et nous n'en savons rien de plus pour l'instant.

— Je comprends, répondit calmement Jane Plenderleith.

Japp s'approcha d'elle :

— Miss Plenderleith, avez-vous déjà vu ceci ?

Il avait dans le creux de la main un petit objet d'émail d'un bleu profond.

Elle secoua la tête :

— Non, jamais.

— Ce n'est ni à vous ni à Mrs Allen ?

— Non. Ce n'est pas le genre de babiole que les femmes utilisent couramment.

— Ah ! vous savez donc ce que c'est.

— C'est assez évident, non ? C'est la moitié d'un bouton de manchette.

4

— Cette fille m'a l'air un peu trop sûre d'elle, grommela Japp.

Les deux hommes étaient de nouveau dans la chambre de Mrs Allen. Le corps avait été photographié, enlevé, et les empreintes digitales relevées.

— Ce serait une erreur de la traiter par le mépris, dit Poirot. C'est loin d'être une sotte. C'est au contraire une jeune personne d'une intelligence particulièrement remarquable.

— Vous pensez que c'est elle qui a fait le coup ? demanda Japp avec une lueur d'espoir. Elle aurait pu, vous savez. Nous allons vérifier son alibi. Qui sait s'il n'y a pas eu dispute à propos de ce garçon — ce parlementaire en herbe ? Elle est un peu *trop* caustique à son égard, si vous voulez mon avis. C'est louche. C'est un peu comme si elle avait eu un faible pour lui et qu'il l'avait envoyée promener. Elle est du genre à supprimer quelqu'un si ça lui chante, sans perdre la boule pour autant. Oui, il va falloir vérifier son alibi. Elle nous l'a servi avec beaucoup d'à-propos, mais après tout l'Essex n'est pas si loin. Les trains ne manquent pas. Ou une voiture rapide. Il serait intéressant de savoir si par hasard elle n'est pas allée se coucher avec un affreux mal de tête hier soir.

— Vous avez raison.

— De toute façon, elle nous cache quelque chose, non ? poursuivit Japp. Vous ne l'avez pas senti vous aussi ? Cette fille en sait plus long qu'elle ne veut bien le dire.

Poirot hocha la tête, songeur :

— Oui, c'est visible.

— C'est toujours le problème dans ces cas-là, bougonna Japp. Les gens s'obstinent à tenir leur langue... pour les motifs les plus honorables parfois.

— Ce qui fait qu'on ne peut guère leur en vouloir, mon bon ami.

— Non, mais ce qui ne nous facilite pas la tâche.

— Et vous donne par là même l'occasion de déployer votre merveilleux savoir-faire, répliqua Poirot pour le réconforter. A propos, et les empreintes ?

— Pas de doute, c'est bien un meurtre. Pas d'empreinte sur le revolver. Il a été essuyé avant d'être placé dans sa main. Même si elle avait réussi à passer son bras de façon acrobatique autour de sa tête, elle pouvait difficilement tirer sans serrer son revolver, et encore moins effacer ses empreintes après sa mort.

— Non, il a fallu une intervention étrangère, c'est clair.

— A part ça, les empreintes sont très décevantes. Rien sur la poignée de la porte. Zéro sur la fenêtre. Ça en dit long, non ? En revanche, celles de Mrs Allen partout, en quantité.

— Jameson a-t-il tiré quelque chose ?

— De la femme de ménage ? Non. Elle parle, elle parle, mais elle ne sait rien du tout. Elle confirme que la mère Allen et votre amie Plenderleith étaient en bons termes. J'ai envoyé Jameson poser quelques questions dans le voisinage. Il va falloir aussi interroger Mr Laverton-West. Trouver où il était et ce qu'il faisait la nuit dernière. En attendant, jetons un coup d'œil sur les papiers.

Il se mit aussitôt à l'œuvre. De temps à autre, il poussait un grognement et passait sa trouvaille à Poirot. L'entreprise ne lui prit pas longtemps. Les papiers, peu nombreux, étaient classés et étiquetés avec soin. Finalement, il se redressa avec un soupir :

— Pas grand-chose, dans tout ça.

— Comme vous dites.

— Rien que de très normal : des factures acquit-tées, quelques-unes encore impayées, rien qui sorte de l'ordinaire. Pour ce qui est de sa vie mondaine : des invitations. Quelques mots d'amis. Les voici... (il posa la main sur une pile d'une dizaine de lettres) ainsi que son chéquier et son livret bancaire. Quelque chose vous frappe ?

— Oui, son compte était à découvert.

— Rien d'autre ?

Poirot sourit :

— C'est un examen que vous me faites subir ? Oui, j'ai remarqué ce à quoi vous pensez. Deux cents livres à elle-même il y a trois mois, et deux cents autres hier...

— Oui, et rien d'inscrit sur les talons de chèques. Aucun autre chèque à elle-même, sinon de petites sommes... quinze livres au maximum. Et maintenant, écoutez ça : il n'y a pas l'ombre d'une telle somme d'argent dans la maison. Quatre livres et dix shillings dans un sac à main, et de la menue monnaie dans un autre — c'est tout ce que nous avons pu dénicher. C'est clair, il me semble.

— Autrement dit, elle a versé cet argent à quelqu'un hier.

— Oui. Seulement à qui ?

La porte venait de s'ouvrir sur l'inspecteur Jame-son.

— Alors, Jameson, vous tenez quelque chose ?

— Oui, monsieur, plusieurs choses. Pour com-mencer, personne n'a entendu le coup de feu. Il y a bien quelques femmes qui prétendent le contraire

31

parce qu'elles voudraient s'en persuader — mais ça ne va pas plus loin. Avec tous ces feux d'artifice qui pétaradaient, ce serait bien le diable.

— Pas de suppositions, grommela Japp. Continuez.

— Mrs Allen est restée chez elle une bonne partie de l'après-midi et toute la soirée. Elle est rentrée vers 17 heures. Elle est ressortie vers 18 heures, mais n'est allée que jusqu'à la boîte aux lettres, au bout de la rue. Vers 21 h 30, une voiture est arrivée, une berline Swallow standard, et un homme en est descendu. Signalement : dans les quarante-cinq ans, bien habillé, allure militaire, pardessus bleu marine, chapeau melon et moustache en brosse. James Hogg, le chauffeur du n° 18, dit qu'il est déjà venu chez Mrs Allen.

— Quarante-cinq ans, répéta Japp. Ça ne peut guère être Laverton-West.

— L'homme, quel qu'il soit, est resté ici un peu moins d'une heure. Il est parti vers 22 h 20. Il s'est arrêté sur le pas de la porte pour parler à Mrs Allen. Un gosse qui traînait dans le coin, Frederick Hogg, a entendu ce qu'il disait.

— Et que disait-il ?

— « *Bon, eh bien, pensez-y et faites-moi connaître votre décision.* » Elle a alors dit quelque chose et il a répondu : « *Parfait. A bientôt.* » Sur quoi il est monté dans sa voiture et il est parti.

— Ça, c'était à 10 h 20 du soir, répéta Poirot, songeur.

Japp se frotta le nez.

— Ainsi, à 22 h 20, Mrs Allen était encore en vie, remarqua-t-il. Quoi d'autre ?

— Rien d'autre pour l'instant, monsieur. Le chauffeur du n° 22 est rentré chez lui à 22 h 30 et il avait promis à ses enfants de faire partir des fusées. Ils l'attendaient avec les autres gosses du quartier. Il a tiré les fusées et tout le monde est resté le nez en l'air. Après ça, chacun est rentré se coucher.

— Et on n'a vu personne d'autre entrer au n° 14 ?

— Non, mais ça ne veut rien dire. Personne n'aurait remarqué.

— Hum ! fit Japp. C'est juste. Eh bien, il ne nous reste plus qu'à mettre la main sur le « gentleman à l'allure militaire et à la moustache en brosse ». Il est de toute évidence le dernier à l'avoir vue en vie. Je me demande de qui il peut bien s'agir.

— Miss Plenderleith pourra peut-être nous renseigner, suggéra Poirot.

— Peut-être bien que oui. Mais peut-être bien que non également. Je suis sûr qu'elle pourrait nous en apprendre long pour peu qu'elle le veuille. Qu'en dites-vous, Poirot ? Vous êtes resté seul avec elle un bon moment. Vous n'avez pas sorti votre numéro de Père confesseur qui pourtant vous réussit parfois si bien ?

Poirot écarta les bras :

— Nous n'avons, hélas ! parlé que radiateurs à gaz.

— Radiateurs à gaz... radiateurs à gaz, répéta Japp, écœuré. Qu'est-ce qui vous arrive, ma vieille branche ? Depuis que nous sommes arrivés ici, vous ne vous êtes intéressé qu'aux plumes d'oie et aux corbeilles à papiers. Ah ! ne dites pas le contraire, je vous ai vu éplucher le contenu de celle du rez-de chaussée. Vous y avez trouvé quelque chose ?

— Un catalogue de grainetier, soupira Poirot. Et un vieux magazine.

— Que cherchez-vous, en fait ? Si quelqu'un avait voulu se débarrasser d'un document compromettant — ou de Dieu sait ce que vous pouvez bien avoir en tête ! —, il ne se serait sans doute pas contenté de le jeter dans une corbeille à papiers.

— C'est très vrai, ce que vous dites. On ne se débarrasserait comme ça que de quelque chose qui n'a aucune espèce d'importance.

Poirot avait dit ça avec humilité. Japp lui jeta néanmoins un regard soupçonneux.

— Bon, fit-il. Je sais à quoi je vais m'attaquer maintenant. Et vous ?

— Oh ! moi, je vais continuer à chercher ce qui n'a aucune espèce d'importance. Il y a encore la poubelle.

Il s'éclipsa prestement. Japp le suivit des yeux, effondré.

— Toqué, murmura-t-il. Complètement toqué.

L'inspecteur Jameson observait un silence de bon aloi. Mais chaque trait de son visage proclamait la supériorité britannique : « Non mais ces étrangers, tout de même ! »

Tout haut, il déclara :

— Ainsi, c'est donc ça, Hercule Poirot ? J'ai entendu parler de lui.

— C'est un vieil ami à moi, expliqua Japp. Il est loin d'être aussi timbré qu'il en a l'air. Mais quand même, il ne rajeunit pas.

— Il devient un peu gaga, comme on dit, renchérit Jameson. Que voulez-vous, l'âge, c'est l'âge.

— N'empêche, dit Japp, j'aimerais bien savoir après quoi il en a.

Il s'approcha du secrétaire et posa un regard inquiet sur une certaine plume d'oie vert émeraude.

5

Japp venait juste d'engager la conversation avec la femme de son troisième chauffeur quand Poirot, silencieux comme un chat, apparut soudain à son côté.

— Bigre, vous m'avez fait peur ! s'exclama Japp. Du nouveau ?

— Pas ce que j'espérais.

Japp retourna à Mrs James Hogg :

— Et ce monsieur, vous disiez que vous l'aviez déjà vu ?

— Oh, oui, m'sieur. Et mon mari comme moi. On l'a reconnu tout de suite.

— Ecoutez-moi, Mrs Hogg, vous êtes une femme intelligente, je le vois bien. Je suis sûr que vous savez tout sur tout le monde, ici. Et vous avez un bon jugement — particulièrement bon, ça se voit tout de suite. (C'était la troisième fois qu'il répétait ce compliment sans rougir. Mrs Hogg se redressa et prit une expression d'intelligence surhumaine.) Donnez-moi votre opinion sur ces deux jeunes femmes, Mrs Allen et miss Plenderleith. Comment étaient-elles ? Gaies ? Elles recevaient beaucoup ? Vous me comprenez à demi-mot ?

— Oh, non, monsieur, rien dans ce genre-là. Elles sortaient beaucoup — surtout Mrs Allen —, mais elles avaient *de la classe*, si vous voyez ce que je veux dire. Pas comme certaines que je pourrais nommer, à l'autre bout de la rue. C'est pas pour dire, mais vu la façon dont Mrs Stevens se comporte... — si tant est qu'elle soit Mrs, et là-dessus j'ai mes doutes — eh bien je préférerais pas avoir à vous raconter ce qui se passe chez elle... Je...

— Très juste, fit Japp, coupant adroitement ce flot de paroles. C'est très important, ce que vous me dites là. Mrs Allen et miss Plenderleith étaient bien vues, alors ?

— Oh, oui, m'sieur, des dames charmantes, toutes les deux, surtout Mrs Allen. Toujours un mot gentil pour les enfants. Elle avait perdu sa gamine, à ce que je crois, la pauvre femme. Enfin ! j'en ai enterré trois moi-même. Et ce que je dis toujours, c'est...

— Oui, oui, c'est bien triste. Et miss Plenderleith ?

— Ma foi, c'est une gentille personne aussi, bien sûr, mais plus abrupte, si vous voyez ce que je veux dire. Un signe en passant, mais je ne m'arrête pas. C'est pas que j'aie quelque chose contre elle, hein, rien du tout.

— Elle s'entendait bien avec Mrs Allen ?

— Ça, oui, m'sieur. Pas de disputes, jamais un mot plus haut que l'autre. Heureuses et satisfaites, elles étaient — je suis sûre que Mrs Pierce ne vous dira pas le contraire.

— Oui, nous lui avons parlé. Le fiancé de Mrs Allen, vous l'avez déjà vu ?

— Le monsieur qu'elle doit épouser ? Ah ça, si je l'ai vu ! C'est souvent qu'il est dans le coin. Un membre du Parlement, à ce qu'il paraîtrait.

— Ce n'est pas lui qui est venu hier soir ?

— Ça, non, m'sieur, ce n'était pas lui. (Mrs Hogg se redressa, tout excitée sous ses airs compassés :) Et si vous voulez mon avis, m'sieur, vous pensez tout de travers. Mrs Allen n'était pas *ce genre* de personne, j'en mettrais ma main au feu. C'est vrai qu'il n'y avait qu'elle dans la maison, mais on ne me ferait jamais croire une chose pareille — je le disais encore à Hogg ce matin. « Non, Hogg, que je lui disais, Mrs Allen, c'était une dame — une vraie —, alors ne va pas imaginer des choses », parce que je sais bien ce que les hommes ont tous dans la tête, si vous me permettez d'être franche. Toujours des idées dégoûtantes.

Sans relever l'insulte, Japp poursuivit :

— Vous l'avez vu entrer et vous l'avez vu ressortir, c'est bien ça ?

— C'est bien ça, m'sieur.

— Et vous n'avez rien entendu d'autre ? Pas de bruit de dispute ?

— Non, m'sieur, ça n'aurait d'ailleurs pas été commode. Oh, c'est pas qu'on ne peut pas entendre ce genre de choses, parce qu'on a bien la preuve du contraire à l'autre bout de la rue : tout le monde sait comment Mrs Stevens s'acharne sur sa malheureuse bonniche terrorisée, et tous tant qu'ils sont ils lui ont conseillé de pas se laisser faire, seulement voilà, les gages sont bons... Elle a peut-être un caractère de cochon, mais pour ce qui est de payer, elle paye... trente shillings par semaine, c'est pas...

Japp s'interposa vivement :

— Mais vous n'avez rien entendu de pareil au n° 14 ?

— Non, m'sieur. Comme je vous l'ai dit, ça n'aurait d'ailleurs pas été commode avec ces fusées qui éclataient de partout et mon Eddy qui a manqué se faire roussir les sourcils.

— Cet homme, il est reparti à 10 h 20, c'est bien ça ?

— C'est possible, m'sieur. Là, je ne peux jurer de rien. Mais Hogg le dit et il est sérieux, c'est un garçon de confiance.

— Vous l'avez quand même vu partir. Avez-vous entendu ce qu'il disait ?

— Non, m'sieur. Je n'étais pas assez près pour ça. Je ne l'ai vu que de ma fenêtre, sur le pas de la porte, en train de parler à Mrs Allen.

— Et elle, vous l'avez vue aussi ?

— Oui, m'sieur, juste sur le seuil, quasiment dans l'entrée.

— Vous avez remarqué ce qu'elle portait ?

— Pas vraiment, m'sieur, je ne peux pas dire. En fait, je n'ai rien remarqué du tout.

— Même pas si elle était en robe d'après-midi ou en robe du soir ? s'enquit Poirot.

— Non, m'sieur, je ne peux pas dire.

Poirot regarda d'un air songeur la fenêtre au-dessus de sa tête, puis le n° 14. Il sourit et croisa le regard de Japp.

— Et l'homme ?

— Il avait un pardessus bleu marine et un chapeau melon. Bien mis, très élégant.

Japp lui posa encore quelques questions, puis passa à l'interrogatoire suivant. Il s'agissait cette fois du jeune Frederick Hogg, garçon au visage malicieux, au regard vif, tout gonflé de son importance :

— Oui, m'sieur. Je les ai entendus causer. « *Bon, eh bien, pensez-y et faites-moi connaître votre décision* », qu'il a dit, l'homme. Aimable, vous voyez. Sur ce, elle a dit quelque chose et il a répondu « *Parfait. A bientôt* ». Et puis il est monté dans sa voiture — je lui tenais la portière, mais il m'a rien donné, soupira Hogg junior avec une pointe de regret — et il a démarré.

— Tu n'as pas entendu ce que lui a dit Mrs Allen ?

— Non, m'sieur, je peux pas dire.

— Tu as remarqué ce qu'elle portait ? La couleur de sa robe, par exemple ?

— Ça, je pourrais pas dire, m'sieur. Vous comprenez, je l'ai pas vraiment vue. Elle était derrière la porte.

— D'accord, fit Japp. Maintenant, écoute-moi, mon garçon, je veux que tu réfléchisses et que tu répondes très exactement à ma question. Si tu l'ignores ou si tu n'arrives pas à t'en souvenir, dis-le franchement. C'est clair ?

— Oui, m'sieur.

Hogg junior le regardait d'un air pénétré.

— Lequel des deux a fermé la porte, Mrs Allen ou le monsieur ?

— La porte d'entrée ?

— La porte d'entrée, évidemment.

Le gamin réfléchit. Il plissa les paupières dans un effort de concentration intense :

— Je crois bien que c'est la dame... Non, c'est pas elle. C'est lui. Il l'a claquée et il a sauté dans sa voiture en vitesse. Comme s'il avait rendez-vous quelque part.

— Parfait. Eh bien, jeune homme, tu m'as l'air du genre futé. Tiens, voilà six pence pour toi.

Abandonnant Hogg junior, Japp se tourna vers son ami. Lentement et avec un bel ensemble, ils hochèrent la tête.

— Ça se pourrait ! dit Japp.

— Ce n'est pas exclu, acquiesça Poirot.

Une lueur verte brillait dans ses yeux. Des yeux qui ressemblaient à ceux d'un chat.

6

De retour dans le salon du n° 14, Japp ne perdit pas son temps à tourner autour du pot. Il alla droit au but :

— Ecoutez, miss Plenderleith, vous ne croyez pas que ce serait le moment de vous mettre à table ? De toute façon, il faudra bien en arriver là.

Debout près de la cheminée, miss Plenderleith se réchauffait les pieds. Ses sourcils grimpèrent d'un cran :

— Je ne comprends absolument pas ce que vous voulez dire.

— C'est bien vrai, ça, miss Plenderleith ?

Elle haussa les épaules :

— J'ai déjà répondu à toutes vos questions. Je ne vois pas ce que je pourrais faire d'autre.

— A mon avis, vous pourriez beaucoup plus... pour peu que vous en ayez envie.

— Mais ce n'est là qu'un avis, n'est-ce pas, inspecteur ?

Japp vira au rouge brique.

— Je pense, dit Poirot, que mademoiselle comprendrait mieux le sens de vos questions si vous lui expliquiez où nous en sommes.

— C'est très simple. Les faits sont les suivants, miss Plenderleith : on a retrouvé votre amie, une balle dans la tête, un revolver dans la main, la porte et la fenêtre bouclées. Ça avait tout l'air d'un banal suicide. Mais ce n'est pas un suicide. A lui seul, l'examen médical le prouve.

— Comment cela ?

Toute sa froideur ironique avait disparu. Elle se pencha vers lui, attentive.

— Le revolver était bien dans sa main... *mais elle n'avait pas les doigts crispés dessus*. Qui plus est, *il n'y avait pas la moindre empreinte* sur le revolver en question. Et l'angle de l'impact est tel qu'il est exclu qu'elle ait pu tirer le coup de feu elle-même. Par-dessus le marché, elle n'a pas laissé de lettre, ce qui est inhabituel en cas de suicide. En outre, bien que la porte ait été fermée à double tour, nous n'avons pas retrouvé la clef.

Jane Plenderleith se tourna lentement et s'assit en face d'eux :

— C'est donc ça ! Je sentais bien qu'il était *impossible* qu'elle se soit suicidée ! J'avais raison ! Elle ne s'est pas tuée. Elle a été assassinée.

Elle resta un moment perdue dans ses pensées. Soudain, elle releva la tête.

— Posez-moi toutes les questions que vous voudrez, dit-elle. J'y répondrai de mon mieux.

— La nuit dernière, commença Japp, Mrs Allen a reçu un visiteur. Un homme d'environ quarante-cinq ans, allure militaire, moustache en brosse, conduisant une berline Swallow standard. Le connaissez-vous ?

— Je peux me tromper, bien sûr, mais ça ressemble au major Eustace.

— Qui est le major Eustace ? Dites-moi tout ce que vous savez de lui.

— Barbara l'a rencontré à l'étranger... aux Indes. Il a fait son apparition il y a un an environ, et nous l'avons vu de temps à autre depuis.

— C'était un ami de Mrs Allen ?

— Il se conduisait comme si c'était le cas, ironisa Jane.

— Quelle attitude avait-elle envers lui ?

— Je ne pense pas qu'elle l'aimait beaucoup... en fait, je suis même sûre que non.

— Mais elle le traitait apparemment en ami ?

— Oui.

— A-t-elle jamais eu l'air... — réfléchissez bien, miss Plenderleith — ... d'avoir peur de lui ?

Jane Plenderleith demeura songeuse un moment.

— Oui, je crois qu'elle en avait peur, dit-elle enfin. Elle était toujours tendue quand il était dans les parages.

— Le major et Mr Laverton-West se sont-ils jamais rencontrés ?

— Rien qu'une fois, je crois. Ils n'ont pas beaucoup sympathisé. C'est-à-dire, le major Eustace a été on ne peut plus aimable, mais Charles n'a fait aucun effort. Charles flaire tout de suite les gens qui ne sont pas... le gratin.

— Et le major n'est pas... ce que vous appelez le gratin ? s'enquit Poirot.

— Ça, non, répondit vivement la jeune femme. Il est plutôt mal dégrossi. Ça n'est pas le dessus du tiroir, comme on dit chez nous.

— Hélas ! je ne saisis pas toujours vos expressions anglaises, soupira Poirot. Mais vous voulez parler du dessus du panier, n'est-ce pas ?

Un sourire passa sur le visage de Jane Plenderleith. Mais c'est avec sérieux qu'elle répondit :

— En effet.

— Miss Plenderleith, seriez-vous très étonnée si je vous disais que le major faisait chanter Mrs Allen ?

Japp se pencha en avant pour observer sa réaction.

Il eut tout lieu d'être satisfait. Elle sursauta, rougit, et sa main se crispa sur l'accoudoir de son fauteuil :

— C'était donc ça ! Quelle idiote je fais de ne pas l'avoir deviné. Mais bien sûr !

— La suggestion vous paraît plausible, mademoiselle ? demanda Poirot.

— Je suis stupide de ne pas y avoir pensé ! A plusieurs reprises, Barbara m'a emprunté de petites sommes, ces six derniers mois. Et je l'ai vue plus d'une fois absorbée dans l'examen de son livret bancaire. Comme je savais que ses revenus lui suffisaient largement pour vivre, je ne m'en suis jamais inquiétée. Mais évidemment, s'il était très exigeant...

— Cela expliquerait son comportement général, n'est-ce pas ?

— Tout à fait. Elle était tendue. Hyper-nerveuse par moments. Ce qui ne lui ressemblait pas.

— Pardonnez-moi, lui fit remarquer Poirot avec une infinie douceur, mais ce n'est pas précisément ce que vous nous aviez dit.

— Ça n'a rien à voir, répliqua Jane Plenderleith avec un geste agacé. Elle n'était pas déprimée. Je veux dire qu'elle n'était pas d'humeur suicidaire ou quoi que ce soit d'approchant. Mais du chantage... c'est une autre paire de manches. Si seulement elle m'en avait parlé ! Je l'aurais envoyé paître, ce type !

— Plutôt que paître, il aurait pu aller trouver Mr Laverton-West, fit remarquer Poirot...

— Oui. Oui... c'est juste...

— Vous n'avez pas idée de ce qu'il pouvait détenir contre elle ? demanda Japp.

La jeune femme secoua la tête :

— Pas la moindre. Connaissant Barbara, je ne peux pas croire qu'il s'agisse de quelque chose de vraiment grave. D'un autre côté... (Elle s'interrompit, puis reprit :) Ce que je veux dire, c'est que Barbara était un peu bébête, dans un sens. Ça n'était pas compliqué de la pousser à paniquer. En fait, pour un maître chanteur, elle était le type même de la proie idéale. Quel salopard !

Elle avait lancé ce dernier mot comme on crache son venin.

— Malheureusement, fit Poirot, le meurtre semble s'être déroulé à l'envers. C'est la victime qui aurait dû tuer le maître chanteur, et pas l'inverse.

Jane Plenderleith plissa le front :

— Oui, c'est vrai... mais j'imagine qu'il y a des circonstances où...

— Quel genre de circonstances ?

— Supposons que Barbara ait été acculée au désespoir. Elle aurait pu le menacer de son ridicule petit revolver. Il essaye de le lui arracher des mains et, dans la bagarre, il tire et la tue. Epouvanté par les conséquences possibles de son acte, il tente de le maquiller en suicide.

— C'est possible, admit Japp. Mais il y a un os.

Elle lui jeta un regard interrogateur.

— Le major Eustace — si c'était bien lui — est parti à 10 h 20 et a dit au revoir à Mrs Allen sur le pas de la porte.

— Oh ! je vois... (Son visage s'allongea. Elle réfléchit un instant.) Il aurait pu revenir plus tard, suggéra-t-elle enfin.

— Oui, ce n'est pas exclu, dit Poirot.

— Dites-moi, miss Plenderleith, poursuivit Japp, où Mrs Allen avait-elle l'habitude de recevoir ses invités ? Ici ou en haut dans sa chambre ?

— Dans les deux. Mais ce salon servait plutôt à recevoir nos amis communs ou mes amis personnels. Nous étions convenues, voyez-vous, que Barbara prendrait la plus grande chambre qui lui servirait aussi de salon, et moi la plus petite, avec l'usage de cette pièce-ci.

— Si le major Eustace avait rendez-vous avec elle hier soir, dans quelle pièce pensez-vous que Mrs Allen l'aurait reçu ?

— Probablement ici, répondit Jane d'un air dubitatif. C'est moins intime. D'un autre côté, si elle avait l'intention de lui signer un chèque ou d'écrire quoi que ce soit, elle l'aurait emmené en haut. Dans le salon, il n'y a rien pour écrire.

Japp secoua la tête :

— Il n'a pas été question de chèque. Hier, Mrs Allen a tiré deux cents livres en liquide. Et jusqu'à présent, nous n'en avons pas trouvé trace dans la maison.

— Elle les aurait données à cette crapule ? Oh, pauvre Barbara ! Pauvre, pauvre Barbara !

Poirot toussota.

— A moins, comme vous le suggériez, qu'il ne s'agisse plus ou moins d'un accident, il serait quand même surprenant qu'il se soit laissé aller à tuer ainsi la poule aux œufs d'or.

— Un accident ? Ce n'était pas un accident. Il a perdu son sang-froid, il a vu rouge et il a tiré.

— Vous pensez que cela s'est passé comme ça ?

— Oui. C'est un meurtre... *un meurtre* ! ajouta-t-elle avec véhémence.

Poirot prit un ton grave :

— Ce n'est pas moi qui prétendrai le contraire, mademoiselle.

— Quelles cigarettes fumait Mrs Allen ? demanda Japp.

— Des cigarettes ordinaires. Il y en a quelques-unes dans cette boîte.

Japp ouvrit la boîte en question, en sortit une et hocha la tête. Puis il la glissa dans sa poche.

— Et vous, mademoiselle ? demanda Poirot.

— Les mêmes.

— Vous ne fumez jamais de tabac turc.

— Jamais.

— Mrs Allen non plus ?

— Non. Elle n'aimait pas ça.

— Et Mr Laverton-West ? demanda Poirot. Que fume-t-il ?

— Quelle importance, ce qu'il fume ? Vous n'allez tout de même pas prétendre que c'est *lui* qui l'a tuée ?

Poirot haussa les épaules.

— Ce ne serait pas la première fois qu'un homme tuerait la femme qu'il aime, mademoiselle.

Jane secoua la tête avec impatience :

— Charles serait incapable de tuer qui que ce soit. Il est bien trop prudent pour ça.

— Précisément, mademoiselle : ce sont les hommes les plus prudents qui commettent les meurtres les plus habiles.

Elle le regarda avec attention :

— Mais pas pour le motif que vous venez d'énoncer, monsieur Poirot.

Il inclina la tête :

— Non. C'est juste.

Japp se leva :

— Bon. Je ne vois pas ce que je peux faire de plus

ici. J'aimerais jeter un dernier coup d'œil dans la maison.

— Pour le cas où l'argent se trouverait caché quelque part ? Allez-y, regardez où bon vous semble. Dans ma chambre aussi, bien qu'il y ait peu de chances pour que Barbara l'ait mis là.

La fouille de Japp fut rapide, mais efficace. Le salon lui livra tous ses secrets en quelques minutes. Il monta ensuite au premier. Assise sur l'accoudoir de son fauteuil, sourcils froncés, Jane Plenderleith fumait une cigarette en regardant le feu. Poirot l'observait.

Au bout de quelques minutes, il lui demanda d'un ton égal :

— Savez-vous si Mr Laverton-West est à Londres en ce moment ?

— Je n'en sais rien du tout. Je pense plutôt qu'il est chez lui, dans le Hampshire. J'aurais dû lui télégraphier. Quelle horreur ! J'ai oublié.

— Quand survient une catastrophe, mademoiselle, on ne saurait penser à tout. Et puis les mauvaises nouvelles peuvent attendre. On ne les apprend toujours que trop tôt.

— Oui, c'est vrai, répondit-elle d'un air absent.

On entendait les pas de Japp, qui descendait l'escalier. Jane alla à sa rencontre :

— Alors ?

Japp secoua la tête :

— Rien. Je viens de fouiller toute la maison. Oh, je ne ferais pas mal de jeter aussi un coup d'œil dans ce cagibi sous l'escalier.

Il saisit la poignée et tira.

— Il est fermé à clef, dit Jane Plenderleith.

Quelque chose, dans sa voix, éveilla l'attention des deux hommes.

— Oui, fit Japp sans s'énerver. Je le vois bien, qu'il est fermé à clef. Où est-elle, cette clef ?

La jeune femme semblait pétrifiée :

— Je... je ne sais pas très bien où elle est.

Japp lui décocha un coup d'œil. Puis il reprit, résolument courtois et désinvolte :

— Ça, par exemple, c'est trop bête ! Je m'en voudrais d'abîmer le bois en le forçant. Je vais envoyer Jameson chercher un assortiment de clefs.

Avec raideur, elle fit un pas en avant :

— Oh, attendez une minute. Elle est peut-être...

Elle retourna dans le salon et revint un instant plus tard, une clef de bonne taille à la main.

— Nous le gardons fermé parce que les parapluies ont une fâcheuse tendance à disparaître, expliqua-t-elle.

— Sage précaution, approuva Japp, jovial, en prenant la clef.

Il fit jouer la serrure et la porte s'ouvrit. Il faisait noir, dans le cagibi. Japp balada sa lampe de poche à l'intérieur.

Il n'y avait pas grand-chose, là-dedans. Trois parapluies, dont un cassé, quatre cannes de marche, un jeu de clubs de golf, deux raquettes de tennis, un tapis soigneusement roulé et quelques coussins à divers stades de dégradation. Et, au sommet de ceux-ci, une élégante mallette.

Comme Japp s'en emparait, Jane se précipita :

— C'est à moi. Je... je l'avais avec moi ce matin. Il ne peut rien y avoir dedans.

— Autant s'en assurer, dit Japp dont la belle jovialité ne faisait que croître.

La mallette fut ouverte. Elle était garnie de brosses à manche de chagrin et de flacons de toilette. Il y avait aussi deux magazines, un point c'est tout.

Japp étudia la doublure avec un soin méticuleux. Lorsqu'il rabattit enfin le couvercle pour se livrer à un examen superficiel des coussins, la jeune femme poussa un soupir de soulagement audible.

Il n'y avait rien d'autre dans le cagibi. Japp en eut vite terminé.

Il referma la porte et rendit la clef à Jane Plenderleith :

— Bien. On en a assez vu comme ça. Pouvez-vous me donner l'adresse de Mr Laverton-West ?

— Farlescombe Hall, Little Ledbury, Hampshire.

— Merci, miss Plenderleith. Ce sera tout pour le moment. Je repasserai peut-être plus tard. A propos, motus et bouche cousue. Pour tout le monde, nous nous en tenons au suicide.

— Bien sûr. Je comprends.

Elle leur serra la main.

Comme ils s'éloignaient, Japp explosa :

— Que diable y avait-il dans ce cagibi ? Parce qu'il y avait bel et bien *quelque chose*.

— En effet, il y avait quelque chose.

— Dix contre un que ça avait à voir avec la mallette ! Mais, en triple andouille que je suis, je n'ai pas été fichu de mettre le doigt dessus. J'ai regardé dans les flacons, j'ai tâté la doublure... bon dieu de bois, qu'est-ce que ça pouvait bien être ?

Songeur, Poirot se contenta de dodeliner de la tête.

— Il n'y a pas à tortiller, cette fille est impliquée dans l'histoire, poursuivit Japp. Elle est revenue avec cette mallette ce matin ? Jamais de la vie ! Vous avez remarqué qu'il y avait dedans deux magazines ?

— Oui.

— Eh bien, l'un des deux remontait à *juillet dernier* !

7

En arrivant chez Poirot le lendemain, Japp jeta son chapeau sur la table d'un air écœuré et se laissa tomber dans un fauteuil.

— Avec tout ça, elle est hors de cause, grommela-t-il.

— Qui est hors de cause ?

— Plenderleith. Elle a joué au bridge jusqu'à minuit. Ses hôtes, un invité — capitaine de frégate — et deux domestiques sont prêts à le jurer. Pas de doute, il faut renoncer à l'idée qu'elle aurait pu tremper là-dedans. N'empêche, j'aimerais bien savoir pourquoi cette mallette l'a rendue hystérique. C'est dans vos cordes, Poirot. Vous adorez tirer au clair ce genre de broutilles qui ne riment à rien. « Le Mystère de la Mallette dans le Placard ». En voilà, un titre prometteur !

— Je peux vous en suggérer un autre : « Le Mystère de l'Odeur de Cigarette ».

— Un peu lourdaud, comme titre. L'odeur, hein ? C'est donc *ça* que vous renifliez quand nous avons examiné le cadavre ? Je vous ai vu... *et* entendu renifler. Sniff... sniff... sniff. J'ai cru que vous aviez attrapé un rhume.

— Vous vous trompiez du tout au tout.

— J'ai toujours cru qu'il ne s'agissait que des petites cellules grises de votre cerveau, soupira Japp. Ne venez pas me dire que vos cellules nasales sont également supérieures à celles du commun des mortels.

— Non, non, calmez-vous.

— Moi, je n'ai pas senti l'odeur de cigarette, poursuivit Japp, soupçonneux.

— Moi non plus, mon bon ami.

Japp le regarda d'un air de doute. Puis il sortit une cigarette de sa poche :

— Voilà ce que fumait Mrs Allen... des cigarettes ordinaires. Six des mégots qu'on a retrouvés étaient les siens. *Les trois autres provenaient de cigarettes turques.*

— Exact.

— Votre prodigieux appendice nasal l'a su sans avoir à les regarder, je suppose ?

— Je vous assure que mon nez n'est pour rien dans l'affaire. Mon nez n'a rien remarqué du tout.

— Mais les cellules de votre cerveau, en revanche...

— Ma foi, il y avait certains indices... vous ne pensez pas ?

Japp lui lança un coup d'œil en coin.

— Quoi, par exemple ?

— Eh bien, il manquait quelque chose dans la pièce. Et on y avait aussi ajouté quelque chose, à mon avis... et puis, sur le secrétaire...

— Je l'aurais parié ! Nous allons retomber sur votre maudite plume d'oie ?

— Du tout. La plume d'oie ne joue qu'un rôle minime.

Japp effectua un repli stratégique sur des positions plus sûres :

— Charles Laverton-West doit venir à Scotland Yard dans une demi-heure. Je me suis dit que vous aimeriez être présent.

— J'aimerais beaucoup, en effet.

— Et vous serez content d'apprendre que nous avons retrouvé le major Eustace. Il occupe un petit meublé dans Cromwell Road.

— Parfait !

— Là, nous aurons de quoi faire. Il n'est pas particulièrement aimable, le major Eustace. Après notre entretien avec Laverton-West, nous irons lui rendre visite. Cela vous convient ?

— A merveille !

— Bien. Dans ce cas, allons-y.

A 11 heures et demie, on introduisit Charles Laverton-West dans le bureau de l'inspecteur principal Japp. Japp se leva pour lui serrer la main.

Le parlementaire était un homme de taille moyenne, à la forte personnalité. Rasé de près, il avait la bouche aussi mobile que celle d'un acteur et les yeux légèrement proéminents qui vont souvent de pair avec le talent oratoire.

Il avait belle allure, à la manière discrète des gens bien élevés.

Bien que pâle et ému, il demeurait parfaitement courtois et maître de lui.

Il s'assit, déposa son chapeau et ses gants sur la table et leva les yeux sur Japp.

— Laissez-moi vous dire tout d'abord, Mr Laverton-West, que je comprends très bien à quel point tout ceci doit être douloureux pour vous.

Laverton-West repoussa ces propos du geste :

— Laissons-là mes sentiments. Pouvez-vous me dire, inspecteur, ce qui a poussé ma... Mrs Allen à mettre fin à ses jours ?

— Vous-même ne pouvez-vous pas nous aider dans cette voie ?

— Absolument pas.

— Vous ne vous êtes pas disputés ? Aucune brouille entre vous ?

— Rien de ce genre. Ç'a été pour moi le plus effroyable des chocs.

— Peut-être comprendrez-vous mieux, monsieur, si je vous confie qu'il ne s'agit pas d'un suicide... mais d'un meurtre !

— Un meurtre ? (Les yeux de Charles Laverton-West faillirent lui sortir de la tête.) Vous avez bien dit *un meurtre* ?

— Tout juste. Maintenant, Mr Laverton-West, voyez-vous qui aurait pu vouloir se débarrasser de Mrs Allen ?

— Non... bien sûr que non..., bredouilla Laverton-West. L'idée même est *inimaginable.*

— Elle n'a jamais fait allusion à des ennemis ? A quelqu'un qui aurait eu des raisons de lui en vouloir.

— Jamais.

— Saviez-vous qu'elle possédait un revolver ?

— Je n'étais pas au courant.

Il semblait plutôt stupéfait.

— D'après miss Plenderleith, elle l'avait rapporté de l'étranger, il y a quelques années.

— Bien sûr, nous n'avons que la parole de miss Plenderleith. Il est fort possible que Mrs Allen se soit sentie en danger et qu'elle ait gardé ce revolver à portée de la main pour des raisons connues d'elle seule.

Mr Laverton-West s'ébroua. Il avait l'air ahuri, hébété.

— Que pensez-vous de miss Plenderleith, Mr Laverton-West ? Je veux dire : vous paraît-elle quelqu'un d'honnête, en qui l'on peut avoir confiance ?

L'autre réfléchit une minute.

— Je pense, oui... Oui, je dirais que oui.

— Vous ne l'aimez guère, remarqua Japp qui l'observait avec attention.

— Je ne dirais pas ça. Ce n'est pas le type de femme que j'admire. Ces personnes sarcastiques et indépendantes ne me séduisent pas du tout, mais je conviens qu'elle est absolument digne de confiance.

— Hum !... fit Japp. Connaissez-vous un certain major Eustace ?

— Eustace ? Eustace ? Ah, oui, ce nom me dit quelque chose. Je l'ai rencontré une fois chez Barbara... euh... Mrs Allen. Un individu douteux. C'est ce que j'ai dit à ma... à Mrs Allen. Ce n'est pas le genre de personnage que je l'aurais encouragée à recevoir après notre mariage.

— Et qu'a répondu Mrs Allen ?

— Elle m'a approuvé. Elle avait confiance dans mes jugements. Un homme est meilleur juge d'un autre homme que ne peut l'être une femme. Elle m'a expliqué qu'elle ne pouvait pas se montrer grossière envers quelqu'un qu'elle n'avait pas vu depuis longtemps... Elle avait particulièrement horreur de passer pour snobinarde ! Evidemment, une fois ma femme, elle aurait découvert que pas mal de ses vieux amis n'étaient pas vraiment... ce que l'on peut rêver de mieux.

— Ce qui revient à dire qu'en vous épousant elle grimpait dans l'échelle sociale ? fit Japp sans se gêner.

Laverton-West leva une main manucurée :

— Non, non, ce n'est pas tout à fait ça. D'ailleurs la mère de Mrs Allen était une lointaine parente de ma propre famille. Sa naissance valait la mienne. Seulement, étant donné ma situation, je dois sélectionner mes amis avec le plus grand soin et aider ma femme à choisir les siens. On se trouve plus ou moins sous les feux de la rampe.

— C'est le cas de le dire, ironisa Japp. Ainsi vous ne pouvez nous aider en rien ?

— En rien. Je ne sais plus où j'en suis. Barbara ! Assassinée ! C'est inimaginable.

— A présent, Mr Laverton-West, pouvez-vous me donner un compte rendu de vos faits et gestes au cours de la soirée du 5 novembre ?

— De mes faits et gestes ? De *mes* faits et gestes ?

— Simple affaire de routine, expliqua Japp. Nous... euh... sommes bien obligés de poser cette question à tout le monde.

— J'aurais cru qu'un homme dans ma position en serait exempt, déclara Charles Laverton-West avec emphase.

Japp se contenta d'attendre.

— J'étais... laissez-moi réfléchir... Ah, oui, j'étais à la Chambre. Je n'en suis sorti qu'à 10 heures et demie. J'ai été faire un tour sur l'Embankment. Et puis je me suis attardé à regarder les feux d'artifice.

— Rassurant de se dire que, de nos jours, il n'y a plus de conspirations, non ? remarqua Japp en plaisantant.

Laverton-West lui décocha un regard torve.

— Ensuite, je... euh... je suis rentré chez moi à pied.

— Et vous êtes arrivé à Onslow Square — c'est votre adresse à Londres, je crois — à quelle heure ?

— Je ne sais pas au juste.

— 11 heures ? 11 heures et demie ?

— Oui, par là.

— Quelqu'un vous a ouvert ?

— Non, j'ai mes clefs.

— Vous n'avez rencontré personne au cours de votre promenade ?

— Non... euh... vraiment, inspecteur, je suis profondément indigné par les questions que vous me posez.

— Je vous assure qu'il ne s'agit là que de pure routine, Mr Laverton-West. N'y voyez surtout rien de personnel.

Cette précision parut apaiser l'ire du député.

— Si c'est tout...

— Ce sera tout pour l'instant, Mr Laverton-West.

— Vous veillerez à me tenir au courant...

— Cela va de soi, monsieur. A propos, permettez-moi de vous présenter M. Hercule Poirot. Vous avez peut-être entendu parler de lui ?

Mr Laverton-West dévisagea le petit Belge avec curiosité :

— Oui... en effet... Son nom ne m'est pas inconnu.

— Très cher monsieur ! trémola Poirot, forçant soudain sur son côté étranger. Croyez-moi, mon cœur saigne pour vous. Une telle perte ! Quelle douleur vous devez ressentir ! Ah ! mais je n'en dirai pas davantage. J'admire la faculté extraordinaire qu'ont les Anglais de cacher leurs émotions. (Il sortit son étui à cigarettes.) Vous permettez ? Ah, il est vide... Japp ?

Japp tâta ses poches et secoua la tête.

Laverton-West sortit son propre étui et murmura :

— Prenez donc une des miennes, monsieur Poirot.

— Merci... merci, dit ce dernier en se servant.

— Vous avez raison, monsieur Poirot, nous autres Anglais n'aimons guère faire étalage de nos états d'âme. Du flegme avant toute chose ! Telle est notre devise.

Il salua les deux hommes et s'en fut.

— Quel m'as-tu-vu ! grommela Japp avec dégoût. Et quel vieux hibou empaillé, par-dessus le marché ! La petite Plenderleith avait raison. N'empêche qu'il est plutôt beau gosse dans son genre — il devrait plaire aux femmes dépourvues de tout sens de l'humour. Et cette cigarette, c'était quoi ?

Poirot la lui tendit en hochant la tête :

— Une égyptienne. Une marque chère.

— Non, ça ne colle pas. Dommage, parce que j'ai

rarement entendu un alibi aussi faible ! D'ailleurs, ce n'est même pas un alibi... Voyez-vous, Poirot, je regretterais presque que les rôles n'aient pas été intervertis. Si seulement *elle* l'avait fait chanter... C'est le type même de la proie idéale — il paierait sans broncher. Tout pour éviter le scandale !

— Mon bon ami, c'est bien joli de reconstruire l'histoire comme vous voudriez qu'elle soit, mais ce n'est pas exactement notre affaire.

— Non, notre affaire, c'est Eustace. J'ai eu quelques renseignements sur lui. C'est vraiment le sale type.

— A propos, avez-vous fait ce que je vous avais suggéré en ce qui concerne miss Plenderleith ?

— Oui. Une seconde, je passe un coup de fil pour savoir où nous en sommes.

Il décrocha.

Après un bref échange téléphonique, il raccrocha et regarda Poirot :

— On a du cœur ou on n'en a pas. Elle est allée jouer au golf. Charmant ! Quand votre meilleure amie vient de se faire assassiner !

Poirot poussa une exclamation.

— Qu'est-ce qui vous arrive ? s'enquit Japp.

Mais Poirot marmonnait entre ses dents :

— Bien sûr... bien sûr... mais naturellement... Quel imbécile je fais... ça sautait aux yeux !

— Arrêtez de bredouiller ! s'emporta Japp. Et filons alpaguer Eustace.

Il fut surpris du sourire radieux qui envahit le visage de Poirot :

— Mais oui... c'est ça... allons en effet l'alpaguer, comme vous dites. Parce que maintenant, voyez-vous, j'ai tout compris... rigoureusement tout !

8

Le major Eustace les reçut avec l'aisance tranquille de l'homme du monde.

Son appartement était petit — simple pied-à-terre, leur expliqua-t-il. Il leur offrit à boire et, devant leur refus, sortit un étui à cigarettes.

Japp et Poirot acceptèrent tous deux. Et ils échangèrent un bref regard.

— Vous fumez des turques, à ce que je vois, dit Japp en faisant rouler la sienne entre ses doigts.

— Oui. Désolé, peut-être préférez-vous les anglaises ? Je dois en avoir quelque part.

— Non, non, c'est parfait comme ça.

Japp se pencha vers lui et changea de ton :

— J'imagine que vous devinez, major, ce qui nous amène ?

L'autre secoua la tête, nonchalant. Il était grand, plutôt bel homme, dans un genre assez fruste, bien sûr. Il avait les yeux bouffis — de petits yeux rusés qui démentaient la cordialité de ses manières.

— Non, dit-il, je n'ai aucune idée de ce qui peut inciter la fine fleur des inspecteurs principaux à venir chez moi. C'est en rapport avec ma voiture ?

— Non, votre voiture n'a rien à voir là-dedans. Je me suis laissé dire, major, que vous connaissiez une certaine Barbara Allen.

Le major se carra dans son fauteuil et souffla un nuage de fumée :

— Ah, c'est donc ça ! Evidemment, j'aurais dû deviner. Bien triste affaire.

— Vous êtes au courant ?

— J'ai vu ça hier soir dans les journaux. C'est moche.

— Vous avez connu Mrs Allen aux Indes, je crois.

— Oui, il y a pas mal d'années.

— Connaissiez-vous aussi son mari ?

Il y eut un silence — guère plus d'une fraction de

seconde — mais pendant lequel ses yeux porcins jaugèrent les deux hommes.

— Non, répondit-il enfin. Je n'ai jamais rencontré Allen.

— Mais vous avez entendu parler de lui ?

— J'ai entendu dire qu'il filait un mauvais coton. Mais il va de soi que ça n'était qu'une rumeur.

— Mrs Allen ne vous en avait jamais parlé ?

— Elle ne parlait jamais de lui.

— Vous étiez en rapports intimes avec elle.

— Nous étions de vieux amis, voyez-vous, de vieux amis. Mais nous ne nous voyions pas très souvent.

— Mais vous l'avez bel et bien vue ce dernier soir ? Le soir du 5 novembre ?

— Oui, c'est exact.

— Vous êtes même passé chez elle, je crois.

Le major hocha la tête. Une note d'émotion perça dans sa voix.

— Oui, elle m'avait demandé de la conseiller pour certains placements. Evidemment, je vois où vous allez en venir : son état d'esprit, et tout ça. Eh bien, c'est difficile à dire. Elle paraissait dans son état normal... quoiqu'elle m'ait en fait semblé un peu nerveuse.

— Mais elle n'a fait aucune allusion à ce qu'elle avait en tête ?

— Pas la moindre. En fait, quand nous nous sommes dit au revoir, je lui ai promis de lui téléphoner très bientôt pour que nous allions au spectacle ensemble.

— Vous lui avez promis de lui téléphoner ? C'est ça, les derniers mots que vous avez échangés ?

— Oui.

— C'est bizarre. D'après mes renseignements, vous auriez dit quelque chose de très différent.

Eustace changea de couleur.

— Comment voulez-vous que je me souvienne des mots exacts ?

— D'après ce que je sais, vous auriez dit : « *Bon,*

eh bien, pensez-y et faites-moi connaître votre décision. »

— Attendez... Oui, vous devez avoir raison. Mais ce n'est pas tout à fait ça. Je crois que je lui suggérais de me faire savoir quand elle serait libre.

— Ce n'est pas tout à fait la même chose, non ?

Le major Eustace haussa les épaules :

— Ecoutez, mon vieux, vous ne pouvez pas espérer de quelqu'un qu'il se rappelle mot pour mot ce qu'il a dit dans n'importe quelle circonstance donnée.

— Et qu'a répondu Mrs Allen ?

— Elle m'a dit qu'elle me passerait un coup de fil. Pour autant que je m'en souvienne.

— Alors vous avez conclu par : « *Parfait. A bientôt.* »

— Sans doute. Quelque chose dans ce genre-là, en tout cas.

Japp continua, placide :

— Vous venez de dire que Mrs Allen vous avait demandé des conseils à propos de ses placements. *Ne vous aurait-elle pas, par hasard, remis la somme de deux cents livres en liquide, à charge pour vous de l'investir ?*

Eustace frisa l'apoplexie. Il se pencha vers Japp et gronda :

— Que diable voulez-vous dire par là ?

— L'a-t-elle fait, oui ou non ?

— Ce ne sont pas vos affaires, monsieur l'inspecteur principal.

Japp garda son calme :

— Mrs Allen a sorti de son compte deux cents livres en liquide. Il y avait dans le lot des billets de cinq livres. On peut les retrouver grâce à leurs numéros.

— Et quand bien même elle l'aurait fait ?

— Cet argent, il était destiné à un placement... ou bien c'était le fruit d'un chantage, major Eustace ?

— Votre idée est grotesque. Qu'allez-vous encore inventer après ça ?

Japp prit son ton le plus officiel :

— Je pense, major Eustace, que nous en sommes arrivés au point où je dois vous demander si vous voulez bien m'accompagner à Scotland Yard pour y faire une déposition. Rien ne vous y oblige, bien sûr, et vous pouvez, si vous le désirez, exiger la présence de votre avocat.

— Mon avocat ? Pourquoi diable aurais-je besoin d'un avocat ? Et pourquoi m'informez-vous de mes droits ?

— J'enquête sur les circonstances de la mort de Mrs Allen.

— Bon sang, mon vieux, vous n'imaginez tout de même pas... enfin, c'est absurde ! Ecoutez, voilà exactement ce qui s'est passé. J'avais rendez-vous avec Barbara...

— Ça se passait à quelle heure ?

— 9 heures et demie à peu près, je dirais. Nous avons bavardé...

— Et fumé ?

— Oui, et fumé. Vous y voyez quelque chose de répréhensible ? demanda le major d'un ton belliqueux.

— Où a eu lieu cette conversation ?

— Dans le salon. A gauche en entrant. Nous avons bavardé amicalement. Je suis parti un peu avant 10 heures et demie. Je suis resté une minute sur le pas de la porte, le temps que nous échangions les derniers mots.

— Les derniers mots... c'est le cas de le dire, murmura Poirot.

— Qui êtes-vous, vous ? J'aimerais bien le savoir ! s'écria Eustace en se tournant vers lui. Une espèce de fichu métèque, oui ! De quoi vous mêlez-vous ?

— Je suis Hercule Poirot, répondit le petit homme avec dignité.

— Vous pourriez aussi bien être la statue d'Achille ! Comme j'étais en train de le dire, Barbara et moi nous sommes quittés très amicalement. J'ai roulé tout droit jusqu'au Far East Club. J'y suis arrivé à 11 heures moins 25 et je suis monté illico à la salle de jeu. J'y suis resté à jouer au bridge jusqu'à 1 heure et demie du matin. Et maintenant, bourrez-en votre pipe et fumez-la si ça vous chante, comme disent les vrais Anglais.

— Je ne fume pas la pipe, riposta Poirot. C'est néanmoins un bien bel alibi que vous avez là.

— En acier trempé, oui ! Eh bien, mon bon monsieur, demanda-t-il à Japp, êtes-vous satisfait ?

— Vous êtes resté dans le salon pendant tout le temps ?

— Oui.

— Vous n'êtes pas monté dans le boudoir de Mrs Allen ?

— Non, je vous dis. Nous n'avons pas quitté le salon.

Japp l'examina d'un air songeur. Puis il demanda :

— Combien de paires de boutons de manchette possédez-vous ?

— De boutons de manchette ? Mais qu'est-ce que ça a à voir ?

— Vous n'êtes pas obligé de répondre à ma question, bien sûr.

— Y répondre ? Ça ne me gêne pas d'y répondre. Je n'ai rien à cacher. Mais j'exigerai des excuses. Il y a ceux-ci..., dit-il en tendant le bras.

Japp salua l'or et le platine d'un hochement de tête.

— Et ceux-là.

Il alla ouvrir un tiroir et en sortit un petit coffret qu'il mit fort grossièrement sous le nez de Japp.

— Très joli modèle, apprécia l'inspecteur. Je vois qu'il y en a un de cassé : un des émaux a sauté.

— Et alors ?

— Vous ne vous rappelez pas quand c'est arrivé, je suppose ?

— Il y a un jour ou deux, pas plus.

— Seriez-vous étonné d'apprendre que ça s'est passé *alors que vous étiez en visite chez Mrs Allen* ?

— Pourquoi pas ? Je n'ai jamais nié avoir été chez elle, répliqua le major avec hauteur.

Il continuait à fanfaronner, à jouer le juste courroux, mais ses mains tremblaient.

Japp se pencha sur lui et déclara avec emphase :

— Oui, mais ce morceau de bouton de manchette *n'a pas été trouvé dans le salon.* Il était *en haut,* dans le boudoir de Mrs Allen — dans la pièce même où elle a été tuée et où un homme avait fumé *les mêmes cigarettes que les vôtres.*

Le coup porta. Eustace se renversa dans son fauteuil. Ses yeux s'affolèrent. L'effondrement de la brute et l'apparition du lâche n'étaient pas un joli spectacle.

— Vous n'avez rien contre moi, gémit-il presque. Vous essayez de me faire porter le chapeau... mais vous n'y arriverez pas. J'ai un alibi... je ne suis pas retourné là-bas de la nuit.

Poirot intervint :

— Non, vous n'y êtes pas retourné. *A quoi cela eût-il servi ?* Car il ne fait guère de doute que Mrs Allen *était déjà morte quand vous avez quitté les lieux.*

— C'est impossible... impossible... Elle était à la porte, elle m'a parlé... Des gens ont bien dû l'entendre... la voir...

— Ils *vous* ont entendu lui parler, susurra Poirot. Ils vous ont entendu faire semblant d'écouter sa réponse, puis parler à nouveau... C'est un vieux truc, ça. Les gens peuvent avoir *supposé* qu'elle était là, mais ils ne l'ont pas *vue,* pour la bonne raison qu'*ils n'ont même pas été capables de dire si elle portait ou non une robe du soir — ni même de se rappeler la couleur de ses vêtements.*

— Mon Dieu, ce n'est pas vrai... ce n'est pas vrai...

Il tremblait, maintenant. Il était effondré.

Japp l'observait avec dégoût.

— Je vous demanderai de me suivre, dit-il sèchement.

— Vous m'arrêtez ?

— Nous vous retenons pour complément d'enquête, si vous préférez.

Le silence fut rompu par un long, un frémissant soupir. D'une voix brisée, désespérée, le major Eustace souffla :

— Je suis fichu...

Hercule Poirot se frotta les mains en souriant aux anges. Il avait l'air de beaucoup s'amuser.

9

— Chouette, la façon dont il s'est liquéfié, jugea Japp un peu plus tard en vrai professionnel.

Poirot et lui roulaient dans Brompton Road.

— Il a compris qu'il était grillé, fit Poirot, l'air absent.

— Les charges pleuvent contre lui. Deux ou trois identités différentes, une vilaine affaire de chèque, plus une escroquerie rocambolesque alors qu'il séjournait au Ritz sous le nom de colonel de Bathe. Il a roulé une demi-douzaine de commerçants de Piccadilly. Nous le retenons sous cette inculpation en attendant d'avoir tiré notre affaire au clair. Au fait, que cache cette soudaine frénésie de campagne, mon vieux ?

— Mon bon ami, une affaire, ça se clôt dans les règles. Rien ne doit demeurer inexpliqué. J'essaie de résoudre l'énigme que vous me suggériez : « Le Mystère de la Mallette Volatilisée ».

— Moi, je l'avais appelée « Le Mystère de la Mallette dans le Placard ». Elle ne s'est jamais volatilisée, que je sache !

— Patientez un peu, mon bon ami.

La voiture s'engagea dans les Mews. Devant la porte du n° 14, Jane Plenderleith descendait juste d'une petite Austin Seven. Elle était en tenue de golf.

Elle les regarda tous les deux, puis sortit une clef et ouvrit la porte.

— Entrez, voulez-vous ?

Elle les précéda. Japp la suivit dans le salon pendant que Poirot s'attardait dans le vestibule, marmonnant :

— Ah, que c'est agaçant !... Ah, comme c'est difficile de s'extirper de ces manches !

Il les rejoignit bientôt dans le salon, sans son pardessus et tandis que Japp souriait sous sa moustache. Le digne inspecteur avait entendu le léger grincement de la porte du cagibi. Il jeta à Poirot un coup d'œil interrogateur et celui-ci lui répondit par un imperceptible signe de tête.

— Nous ne vous retiendrons pas, miss Plenderleith, dit vivement Japp. Nous sommes juste venus vous demander le nom du notaire de Mrs Allen.

— Son notaire ? répéta Jane en secouant la tête. Je ne sais même pas si elle en avait un.

— Pourtant, lorsque vous avez emménagé ici toutes les deux, il a bien fallu que quelqu'un rédige un contrat, non ?

— Non, pourquoi ? C'est moi qui ai loué la maison. Le bail est à mon nom. Barbara me payait la moitié du loyer. Tout se faisait à l'amiable.

— Je comprends. Bon, tant pis, nous n'avons plus rien à faire ici.

— Désolée de ne pouvoir vous être utile.

— Ça n'a pas grande importance. (Il se tourna vers la porte :) Vous avez joué au golf ?

— Oui, répondit-elle en rougissant. Vous devez me trouver sans cœur. Mais je ne pouvais plus rester comme ça. J'avais besoin de sortir, de *faire* quelque chose, de me dépenser... sinon, j'allais étouffer.

— Je me mets à votre place, mademoiselle. C'est bien naturel. Rester là à vous morfondre...

— Du moment que vous comprenez, c'est bien.

— Vous appartenez à un club ?

— Oui, je joue à Wentworth.

— Vous avez dû avoir un temps splendide.

— Hélas ! il ne reste plus guère de feuilles aux arbres. Dire qu'il y a une semaine encore, les bois étaient magnifiques !

— Quoi qu'il en soit, il a fait beau.

— Au revoir, miss Plenderleith, dit Japp non sans cérémonie. Je vous préviendrai dès que nous aurons quelque chose de concret. A propos, nous gardons un suspect en détention.

— Qui ça ?

Elle semblait dévorée de curiosité.

— Le major Eustace.

Elle hocha la tête et alla se pencher pour allumer le feu.

— Eh bien ? fit Japp comme la voiture les emmenait.

Poirot sourit :

— Ç'a été facile. La clef était sur la porte, cette fois-ci.

— Et... ?

Poirot sourit derechef :

— Et les clubs de golf ont disparu.

— Ça va de soi. En tout état de cause, cette fille n'est pas idiote. *Il manque autre chose ?*

— Oui, mon bon ami : *la jolie petite mallette !*

Japp écrasa l'accélérateur sous son pied.

— Enfer et damnation ! s'écria-t-il. J'aurais parié qu'il y avait quelque chose. Mais du diable si je sais de quoi il s'agit. Je l'avais pourtant examinée sous toutes les coutures, cette mallette.

— Mon pauvre Japp... mais c'est pourtant... — comment dites-vous : « élémentaire, mon cher Watson » ?

Japp lui jeta un regard exaspéré.

— Où allons-nous ? grommela-t-il.

Poirot consulta sa montre :

— Il n'est pas encore 4 heures. Nous pouvons arriver à Wentworth avant la nuit.

— Vous croyez vraiment qu'elle y est allée ?

— Je crois, oui. Elle savait que nous pouvions

vérifier. Mais oui, nous découvrirons qu'elle y est allée.

— Bon, eh bien allons-y à notre tour, marmonna Japp en se faufilant avec dextérité au beau milieu de la circulation. Mais je ne vois toujours pas ce que cette fichue mallette vient faire dans tout ça. Je ne vois pas le rapport entre cette histoire de mallette et le crime.

— Précisément, mon bon ami, je suis d'accord avec vous : ça n'a aucun rapport.

— Alors pourquoi... Non, ne me dites rien ! De l'ordre, de la méthode, et une explication dans les règles. Bah ! après tout, pourquoi ne pas voir la vie en rose ?

La voiture était rapide. Ils arrivèrent au club de golf de Wentworth peu après 4 heures et demie. En semaine, on ne s'y écrasait pas.

Poirot alla droit au responsable des caddies et demanda les clubs de miss Plenderleith. Elle devait jouer sur un autre terrain, prétendit-il.

Le responsable lança un ordre et un gamin fouilla les cannes de golf rangées dans un coin. Il ne tarda pas à dénicher un sac portant les initiales J.P.

— Merci, dit Poirot.

Il s'éloigna, puis se retourna négligemment pour demander :

— Elle ne vous a pas laissé aussi une petite mallette ?

— Non, pas aujourd'hui, monsieur. Elle l'a peut-être oubliée au pavillon.

— Elle y est allée aujourd'hui ?

— Oh, oui, je l'y ai vue.

— Elle avait quel caddie, vous le savez ? Elle a égaré une mallette et n'a aucune idée de l'endroit où elle a pu la laisser.

— Elle n'a pas pris de caddie. Elle est venue acheter quelques balles. Elle a juste sorti deux fers. Je crois bien qu'elle avait une petite mallette à la main à ce moment-là.

Poirot s'éclipsa après quelques mots de remercie-ments. Les deux hommes firent le tour du pavillon. Poirot s'attarda un instant à admirer le paysage :

— C'est beau, n'est-ce pas, ces silhouettes sombres des pins... et puis ce lac. Oui, ce lac...

Japp lui fit un clin d'œil :

— Alors, c'est ça, l'idée, hein ?

Poirot sourit :

— Il n'est pas exclu qu'il y ait eu des témoins. Si j'étais vous, je ferais procéder aux recherches.

10

Poirot recula, la tête légèrement de côté, pour juger de la décoration. Un fauteuil ici... un autre là... Oui, ça faisait beaucoup d'effet. Et soudain la son-nette retentit — ça devait être Japp.

L'homme de Scotland Yard entra d'un pas vif.

— Vous aviez raison, vieux sacripant ! Voilà des renseignements de première main. Des témoins ont vu hier une jeune femme jeter un objet dans le lac, à Wentworth. La description correspond à celle de Jane Plenderleith. Nous avons réussi à repêcher l'objet en question sans trop de difficultés. Il y a pas mal de roseaux à cet endroit-là.

— Et c'était... ?

— La mallette, évidemment. Mais, au nom du ciel, *pourquoi* ? Ça me dépasse. Il n'y avait rien dedans — pas même les magazines. Pourquoi une jeune fille présumée saine d'esprit jetterait-elle une mallette de luxe dans un lac ? Figurez-vous que je me suis cassé la tête là-dessus toute la nuit parce que je n'arrivais pas à comprendre.

— Mon pauvre et infortuné Japp ! Vous n'allez plus vous casser la tête longtemps. On vient de son-ner. Ce doit être la réponse qui arrive.

George, l'impeccable valet de chambre de Poirot, ouvrit la porte et annonça :

— Miss Plenderleith.

La jeune femme entra avec sa parfaite aisance habituelle. Elle salua les deux hommes.

— Je vous ai demandé de venir..., expliqua Poirot — asseyez-vous ici, voulez-vous ? et vous là, Japp — ... parce que j'avais des nouvelles à vous communiquer.

La jeune femme s'assit. Elle les dévisagea tour à tour en repoussant son chapeau. Exaspérée, elle finit par l'ôter et par le poser à côté d'elle.

— Je sais, fit-elle. Le major Eustace a été arrêté.

— Vous avez lu cela, j'imagine, dans les journaux du matin ?

— Oui.

— Pour l'instant, ne sont retenues contre lui que des charges légères, poursuivit Poirot. Dans le même temps, nous réunissons les preuves en corrélation avec le meurtre.

— C'était donc bien un meurtre ? demanda vivement Jane Plenderleith.

Poirot hocha la tête.

— Oui. C'était un meurtre. L'élimination volontaire d'un être humain par un autre être humain.

— Ne dites pas ça comme ça, frissonna-t-elle. Ça en devient monstrueux.

— Mais justement... c'est monstrueux !

Il s'interrompit un instant, puis reprit :

— Et maintenant, miss Plenderleith, je vais vous raconter comment je suis parvenu à la vérité dans cette affaire.

Elle regarda Poirot, puis Japp. Ce dernier souriait.

— Il a ses méthodes bien à lui, miss Plenderleith, dit-il. J'ai l'habitude de me plier à ses caprices, voyez-vous. Ecoutons donc ce qu'il a à nous dire.

— Comme vous le savez, mademoiselle, préluda Poirot, je suis arrivé avec mon ami sur les lieux du crime le matin du 6 novembre. Nous sommes montés dans la chambre où l'on avait trouvé le corps et j'ai tout de suite été frappé par quelques détails significatifs. Il y avait, dans cette pièce, des choses qui m'ont paru bizarres.

— Poursuivez, fit la jeune femme.

— D'abord, dit Poirot, l'odeur de cigarettes.

— Là, vous exagérez, Poirot, intervint Japp. Moi, je n'ai rien senti.

— C'est bien là le hic, riposta aussitôt Poirot. *Vous n'avez pas senti l'odeur de tabac froid. Pas plus que je ne l'ai sentie moi-même.* Et c'est ce qu'il y a de très, très bizarre... parce que la porte et la fenêtre étaient fermées et qu'il n'y avait pas moins de dix mégots dans le cendrier. C'est curieux que, dans cette pièce, l'air ait été aussi peu vicié.

— C'est donc à ça que vous vouliez en venir ! soupira Japp. Vous empruntez des voies si tortueuses...

— Votre Sherlock Holmes en faisait tout autant. Souvenez-vous, il attirait l'attention sur l'étrange incident du chien durant la nuit — et la réponse à ça, c'est qu'il n'y avait pas eu le moindre incident étrange. Le chien n'avait été mêlé à rien durant cette fameuse nuit. Mais poursuivons plutôt :

» Ce qui m'a frappé ensuite, c'est le bracelet-montre que portait la défunte.

— Qu'est-ce qu'il avait ?

— Rien de particulier. Mais elle le portait au poignet droit. Or, si j'en crois mon expérience, on le porte d'ordinaire à gauche.

Japp haussa les épaules. Sans lui laisser le temps de placer un mot, Poirot poursuivit :

— Mais, comme vous dites, ce détail-là n'a rien de réellement probant. Certaines personnes *préfèrent* le mettre à leur poignet droit. Et j'en arrive maintenant à quelque chose de réellement intéressant. J'en arrive, mes bons amis, au secrétaire.

— Ça, je l'aurais parié, ironisa Japp.

— Il m'a paru curieux... tout à fait extraordinaire ! Pour deux raisons. La première, c'est qu'il manquait quelque chose, sur ce secrétaire.

Ce fut Jane Plenderleith qui réagit :

— Qu'est-ce qui manquait ?

— *Une feuille de papier buvard, mademoiselle.* La première feuille du sous-main était rigoureusement propre et vierge.

Jane haussa les épaules :

— Voyons, monsieur Poirot ! Une feuille de buvard sale, il arrive parfois qu'on l'enlève !

— Certes, mais qu'en fait-on ? On la jette dans la corbeille à papiers, non ? *Or, elle n'était pas dans la corbeille à papiers.* J'ai vérifié.

— Parce qu'on l'avait sans doute déjà jetée la veille, répondit Jane, qui commençait à s'énerver. Le buvard était neuf parce que Barbara n'avait pas écrit de lettre ce jour-là.

— Cela ne me paraît guère le cas, mademoiselle. *Car on a vu Mrs Allen aller jusqu'à la boîte aux lettres ce soir-là. Elle doit bien, par conséquent, en avoir écrit.* Or, elle n'a pu écrire en bas, où il n'y a rien pour le faire. Il est peu vraisemblable qu'elle se soit rendue dans votre chambre pour ça. Alors où est donc passée la feuille de buvard sur laquelle elle a séché son courrier ? Il est vrai que certaines personnes jettent les papiers au feu plutôt que dans la corbeille, mais la pièce était chauffée au gaz. *Quant à la cheminée du salon, elle n'avait pas été allumée la veille puisque vous m'avez dit vous-même que le feu y était prêt et n'attendait plus qu'une allumette.*

Il marqua un temps. Puis :

— Sacré problème. J'ai cherché partout, dans la corbeille à papiers, dans la poubelle, sans trouver une seule feuille de buvard usagé. Ça m'a paru extrêmement révélateur. On aurait dit que quelqu'un l'avait fait disparaître exprès. Oui, mais pourquoi ? Parce qu'en la tenant devant un miroir, on aurait facilement pu lire ce qui était écrit dessus.

» Mais je vous ai dit qu'il y avait une seconde chose curieuse à propos du secrétaire. Vous vous rappelez en gros ce qui s'y trouvait, Japp ? Le buvard et l'encrier au milieu, le plumier à gauche, le calendrier et la plume d'oie, vous vous souvenez ? Je l'ai examinée, elle était purement décorative, elle n'avait jamais servi. Tiens donc ! vous ne voyez *toujours* pas ? Je vais me répéter. Buvard au centre, plumier à gauche... *à gauche*, Japp. Mais un plumier, est-ce que ça ne se trouve pas d'ordinaire *à droite*, à portée commode de *la main droite* ?

» Ah ! vous commencez à comprendre, n'est-ce pas ? Le plumier *à gauche*... le bracelet-montre au poignet *droit*... le buvard escamoté... plus un accessoire qu'*on a apporté dans la pièce* : le cendrier avec des mégots !

» L'air de la chambre était pur et frais, Japp, comme si la fenêtre était restée *ouverte* et non pas fermée toute la nuit... Et une image s'est imposée à moi.

Il se tourna face à Jane :

— Une image de vous, mademoiselle, arrivant dans votre taxi, payant, grimpant les marches quatre à quatre, criant peut-être : « Barbara ! »... et vous ouvrez la porte et découvrez votre amie, étendue, morte, un revolver serré dans la main — dans la main gauche, évidemment, *puisqu'elle était gauchère*, ce qui explique d'ailleurs pourquoi la balle était entrée *du côté gauche de la tête*. Il y a là un mot qui vous est destiné. Elle vous y donne les raisons qui l'ont amenée à se suicider. Ça devait être une lettre très émouvante, j'imagine... Une jeune femme malheureuse et sans défense, que le chantage a acculée au suicide...

» Je suis persuadé que l'idée vous est venue presque aussitôt, en un éclair. C'était là l'œuvre d'un homme, et vous saviez duquel. Eh bien qu'il en soit puni — puni à la mesure de son ignominie ! Vous prenez le revolver, vous l'essuyez et le placez dans la main *droite* de votre amie. Vous prenez la lettre d'adieu et vous arrachez la feuille de buvard sur laquelle elle a été séchée. Vous descendez, vous allumez le feu et vous jetez les deux dans la flamme. Vous montez ensuite le cendrier dans la chambre —

pour créer l'illusion que deux personnes y ont passé la soirée à bavarder — et vous montez aussi un fragment d'émail que vous avez ramassé par terre. C'est une trouvaille inespérée dont vous comptez bien qu'elle confirmera votre histoire. Puis vous bloquez la fenêtre et fermez la porte à double tour. On ne doit pas vous soupçonner d'avoir touché à quoi que ce soit. La police doit découvrir la pièce exactement telle qu'elle est — et c'est bien pourquoi vous ne cherchez pas d'aide dans le voisinage mais téléphonez aussitôt à police-secours.

» Tout se passe comme vous l'aviez prévu. Vous jouez votre rôle avec calme et discernement. Vous refusez d'abord de parler, mais vous créez habilement le doute sur les causes du décès. Plus tard, vous nous aiguillez sur la trace du major Eustace...

» Oui, mademoiselle, c'était très habile... c'était de votre part un meurtre très habile... car il ne s'agit pas d'autre chose. Une tentative de meurtre sur la personne du major Eustace.

Jane se leva d'un bond.

— Ce n'était pas un meurtre — ce n'était que justice ! Cet homme avait traqué la pauvre Barbara jusqu'à ce que mort s'ensuive. Elle était tendre et sans défense. La pauvre gosse, la première fois qu'elle est sortie de chez elle, ç'a été pour aller s'amouracher d'un homme rencontré aux Indes. Elle n'avait que dix-sept ans ; lui, il était marié et beaucoup plus âgé qu'elle. Elle a eu un bébé. Elle aurait pu le mettre à l'orphelinat, mais elle n'a pas voulu de cette solution. Elle est partie se cacher dans un trou perdu et, quand elle en est revenue, elle se faisait appeler Mrs Allen. Plus tard, l'enfant est mort. Elle est rentrée en Angleterre juste à point pour tomber amoureuse de Charles, ce crétin solennel qui a l'air d'avoir avalé un parapluie. Elle l'adorait... et cette adoration, il l'acceptait avec condescendance. S'il avait été différent, je lui aurais conseillé de tout raconter. Mais étant donné son genre, je l'ai incitée à tenir sa langue. Après tout, personne n'était au courant de cette histoire, sauf moi.

» Et puis cette crapule d'Eustace a fait son apparition ! La suite, vous la connaissez. Il a commencé à la saigner systématiquement, mais c'est seulement l'autre soir qu'elle a compris que le scandale risquait aussi d'atteindre Charles. Une fois mariée, elle comblait les vœux d'Eustace : elle serait la femme d'un homme riche, ennemi du qu'en-dira-t-on ! Quand Eustace est parti avec l'argent qu'elle était allée chercher pour lui, elle est restée à réfléchir. Puis elle est montée dans sa chambre et m'a écrit une lettre. Elle m'expliquait qu'elle aimait Charles et ne pouvait pas vivre sans lui, mais que — pour l'épargner — il lui était impossible de l'épouser. Elle ajoutait qu'elle choisissait la meilleure porte de sortie.

Jane renvoya sa tête en arrière :

— Et vous vous étonnez que j'aie fait ce que j'ai fait ? Et vous êtes là à appeler ça un *meurtre* !

— Parce que c'est bel et bien un meurtre, déclara Poirot avec sévérité. Le meurtre peut parfois se justifier, *mais ça n'en reste pas moins un meurtre*. Vous êtes honnête et vous avez l'esprit clair, alors regardez la vérité en face, mademoiselle ! Votre amie est morte, en dernière analyse, *parce qu'elle n'avait plus le courage de vivre*. Nous pouvons compatir. Nous pouvons la plaindre. Mais les faits demeurent : le geste a été *son geste* — pas celui de quelqu'un d'autre.

Il fit une pause.

— Et vous ? reprit-il. Cet homme est maintenant en prison, il va purger une longue peine pour d'autres délits. Souhaitez-vous réellement, de votre plein gré, ôter la vie — *la vie*, pensez-y bien — d'un être humain, *quel qu'il puisse être* ?

Elle le regarda. Ses yeux se voilèrent. Soudain, elle murmura :

— Non. Vous avez raison. Je ne souhaite pas ça.

Pivotant sur ses talons, elle s'en alla rapidement. On entendit claquer la porte d'entrée...

Japp poussa un long — un très long sifflement.

— Ça, c'est le bouquet ! dit-il.

Poirot se laissa retomber dans son fauteuil et lui sourit d'un air bonhomme. Ils restèrent un long moment silencieux. Puis Japp murmura :

— Il ne s'agissait pas d'un meurtre déguisé en suicide... mais d'un suicide déguisé en meurtre !

— Oui, et le tout réalisé avec un maximum d'habileté. Sans forcer dans le détail.

— Et la mallette ? demanda soudain Japp. Qu'est-ce qu'elle vient faire là-dedans ?

— Mais mon bon ami, mon très cher ami, je vous ai déjà dit qu'elle n'avait rien à y faire, qu'*elle n'avait rien à voir là-dedans.*

— Alors, dans ce cas, pourquoi...

— Les clubs de golf. Les clubs de golf, Japp. *C'étaient des clubs pour gauchers.* Miss Plenderleith laissait les siens à Wentworth. Ceux-là appartenaient à Barbara Allen. Pas étonnant que la pauvre fille ait vu — comme vous diriez — trente-six chandelles quand nous avons ouvert le cagibi. Tout son plan aurait pu s'écrouler. Mais elle a l'esprit vif, et elle a compris qu'elle s'était trahie l'espace d'un instant. Elle a réalisé que nous nous en étions rendu compte. Quel parti prendre ? Elle fait ce qu'elle trouve de mieux sur le moment. Elle attire notre attention sur *un objet qui n'est pas compromettant.* Elle dit de la mallette : « C'est à moi... Je l'avais avec moi ce matin. Il ne peut rien y avoir dedans. » Et, comme elle l'espère, vous voilà lancé tête baissée sur une fausse piste. Pour la même raison, quand elle se met en route le lendemain pour se débarrasser des clubs de golf, elle continue à se servir de la mallette comme d'un leurre.

— Vous voulez dire que son véritable objectif, c'était...

— Réfléchissez, mon bon ami. Quel est l'endroit

rêvé pour se débarrasser de clubs de golf ? Impossible de les brûler, ou de les jeter à la poubelle. Si on les abandonne quelque part, il se trouvera peut-être bien quelqu'un pour vous les rapporter. Miss Plenderleith les emporte donc sur un terrain de golf. Elle les dépose un instant dans le pavillon, le temps d'aller prendre deux fers dans son propre sac, et sort après ça sans se faire accompagner par un caddie. Nul doute qu'elle casse ensuite les clubs en deux à intervalles judicieux, qu'elle jette les morceaux dans les fourrés, puis qu'à la fin le sac y passe à son tour. Si quelqu'un découvre un club brisé par-ci par-là, il ne s'en étonnera pas. On a déjà vu des gens, au comble de l'exaspération, casser et jeter aux orties tous leurs clubs ! En fait, c'est le jeu qui veut ça !

» Mais comme elle sait que nous pouvons encore nous intéresser à ses faits et gestes, elle jette ostensiblement dans le lac ce leurre qui a déjà si bien servi : la mallette...

» Et voilà, mon bon ami, la vérité pleine et entière sur "Le Mystère de la Mallette dans le Placard".

Pendant un bon moment, Japp regarda Poirot en silence. Puis il se leva, lui tapa sur l'épaule et éclata de rire :

— Pas si mal, pour un vieux cheval de retour ! Ma parole, vous décrochez le pompon ! Et maintenant, si on allait manger un morceau !

— Avec plaisir, mon bon ami. Mais plutôt qu'un morceau, je vous propose une Omelette aux champignons, une Blanquette de veau, des Petits pois à la française et, pour terminer, un Baba au rhum.

— Je suis votre homme ! applaudit Japp.

L'INVRAISEMBLABLE VOL
(The Incredible Theft)

1

Comme le maître d'hôtel passait le soufflé, lord Mayfield se pencha en confidence vers sa voisine de droite, lady Julia Carrington. Connu pour être un hôte parfait, lord Mayfield savait se montrer à la hauteur de sa réputation. Célibataire endurci, il n'en prenait pas moins le soin de faire du plat au beau sexe.

Lady Julia Carrington était une femme d'une quarantaine d'années, grande, brune et volubile. Très maigre, elle avait encore beaucoup d'allure. Ses pieds et ses mains, en particulier, n'étaient pas mal du tout. Elle avait les manières brusques et impatientes des femmes qui vivent sur les nerfs.

Son mari, le général de corps d'armée aérienne, sir George Carrington, était assis presque en face d'elle à la table ronde. Il avait commencé sa carrière dans la marine et en avait gardé la bruyante jovialité. Il taquinait en riant la belle Mrs Vanderlyn, assise à la gauche de son hôte.

Mrs Vanderlyn était une blonde ravissante. Elle avait un soupçon d'accent américain, sans exagération, juste ce qu'il faut pour être savoureux.

La voisine de gauche de sir George Carrington était Mrs Macatta, député aux Communes. Mrs Macatta faisait autorité dans les domaines du

Logement et de la Protection de l'Enfance. Elle aboyait plutôt qu'elle ne parlait, et exposait d'ordinaire en phrases courtes et sèches des vues pour le moins alarmistes. Sans doute était-il naturel que le général préférât entreprendre sa voisine de droite.

Mrs Macatta, qui — où qu'elle se trouvât — ne pouvait se retenir de parler boutique, abreuvait d'informations péremptoires son voisin de gauche, le jeune Reggie Carrington.

Reggie Carrington, vingt et un ans, se souciait comme d'une guigne du Logement, de la Protection de l'Enfance et de la politique en général. « Quelle horreur ! » ou « Je suis bien d'accord avec vous ! » s'exclamait-il à intervalles réguliers, l'esprit visiblement ailleurs. Mr Carlile, secrétaire particulier de lord Mayfield, était assis entre le jeune Reggie et sa mère. C'était un jeune homme pâle portant pince-nez, à l'air intelligent et réservé, qui parlait peu mais était toujours prêt à meubler les trous de la conversation. Remarquant que Reggie Carrington étouffait un bâillement, il se pencha vers Mrs Macatta et lui posa adroitement une question sur son programme de « Santé des Enfants ».

Se déplaçant à pas feutrés dans la lumière tamisée, le maître d'hôtel et deux valets de pied présentaient les plats et servaient les vins. Lord Mayfield gratifiait son cuisinier de gages élevés et était célèbre pour son art de marier les grands crus.

Bien que la table fût ronde, on ne pouvait ignorer qui recevait. La tête de la table était bien là où trônait lord Mayfield, grand, les épaules carrées, il avait une épaisse chevelure argentée, un long nez droit et un menton légèrement proéminent. Son visage était de ceux qui se prêtent aisément à la caricature. Naguère encore sir Charles McLaughlin, lord Mayfield avait mené de front une carrière politique et la direction d'une grosse entreprise industrielle. Il était lui-même un ingénieur de premier plan. Il avait été anobli l'année précédente, en même temps que nommé ministre de l'Armement, poste nouvellement créé.

Le dessert trônait sur la table. Le porto avait déjà circulé une fois. Ayant saisi le regard de Mrs Vanderlyn, lady Julia se leva. Les trois femmes quittèrent la pièce.

Le porto circula à nouveau. Lord Mayfield fit une légère allusion aux faisans. Pendant cinq minutes, la conversation roula sur la chasse. Puis sir George s'adressa à son fils :

— Reggie, mon garçon, je pense que tu as envie de rejoindre ces dames au salon. Je suis sûr que lord Mayfield n'y verra pas d'inconvénient.

Le jeune homme ne se le fit pas dire deux fois.

— Merci, lord Mayfield, j'y vais.

— Si vous voulez bien m'excuser, lord Mayfield, murmura Mr Carlile, j'ai des notes et divers papiers à revoir...

Lord Mayfield accorda sa bénédiction d'un signe de tête. Les deux jeunes gens sortirent. Les domestiques s'étaient déjà retirés peu avant. Le ministre de l'Armement et le chef des Forces aériennes se retrouvèrent seuls.

Au bout d'une minute, Carrington demanda :

— Eh bien... C'est O.K. ?

— Absolument. Il n'existe rien dans aucun pays d'Europe, qui puisse atteindre ce nouveau bombardier.

— Tous enfoncés, hein ? C'est bien ce que je pensais.

— Suprématie aérienne, décréta lord Mayfield, catégorique.

George Carrington poussa un profond soupir.

— Il serait temps ! Vous savez, Charles, nous avons vécu une période scabreuse. L'Europe entière s'armait jusqu'aux dents. Et nous n'étions pas prêts, bon sang de bonsoir ! Il était moins une. Encore que nous ne soyons toujours pas sortis de l'auberge, quelle que soit la rapidité de la construction.

— Néanmoins, George, murmura lord Mayfield, il

y a aussi des avantages à se trouver à la traîne. Beaucoup d'armements européens sont déjà démodés, et les continentaux frisent dangereusement la banqueroute.

— Ça ne veut rien dire, maugréa sir George. On apprend toujours que tel ou tel pays est en faillite ! Ils n'en continuent pas moins à s'armer. La finance, vous savez, c'est un mystère absolu pour moi.

L'œil de lord Mayfield s'alluma un instant. Sir George Carrington était toujours tellement « vieux loup de mer, râleur et intègre » — genre si bien passé de mode qu'il se trouvait des gens pour prétendre que ce n'était chez lui qu'une pose.

Changeant de sujet, Carrington remarqua d'un ton un peu trop désinvolte :

— Séduisante, Mrs Vanderlyn, hein ?

— Vous vous demandez ce qu'elle fait ici ? lança lord Mayfield, les yeux rieurs.

Carrington eut l'air un peu confus.

— Pas du tout... pas du tout !

— Mais si ! Mais si ! Ne jouez pas les pères la pudeur, George. Vous vous demandiez, non sans consternation, si je n'étais pas sa dernière victime !

— J'avoue que j'ai en effet trouvé sa présence quelque peu étrange... surtout pendant ce week-end-ci.

Lord Mayfield acquiesça.

— Là où sont les carcasses, les vautours se rassemblent. Nous tenons une carcasse, et on pourrait fort bien qualifier Mrs Vanderlyn de vautour n° 1.

Le général de corps d'armée aérienne s'enquit brusquement :

— Vous savez quelque chose sur cette femme ?

Lord Mayfield coupa l'extrémité de son cigare, l'alluma dans les règles et, rejetant la tête en arrière, choisit ses mots avec soin.

— Ce que je sais de Mrs Vanderlyn ? Je sais qu'elle est citoyenne américaine. Je sais qu'elle a eu trois maris, un Italien, un Allemand, et un Russe, et qu'en conséquence elle a établi d'utiles « contacts » — comme il est convenu d'appeler ça — dans trois pays différents. Je sais qu'elle s'arrange pour s'habiller très cher et pour vivre dans le luxe, et qu'il subsiste une légère incertitude quant à la source des revenus qui lui permettent de le faire.

Avec un sourire, sir George Carrington murmura :

— Vos espions ne sont pas restés inactifs, Charles, je vois ça.

— Je sais, poursuivit lord Mayfield, qu'outre ses charmes évidents, Mrs Vanderlyn est l'auditrice idéale et qu'elle adore nous entendre « parler boutique ». Ainsi, un homme peut lui raconter sa vie avec le sentiment de la fasciner. Divers jeunes officiers sont allés un peu trop loin dans leur désir de se montrer intéressants, et leur carrière en a souffert. Ils en avaient dit à Mrs Vanderlyn un peu plus qu'ils n'auraient dû. Presque tous les amis de la dame sont dans l'Armée, mais l'hiver dernier, elle est allée chasser dans un certain comté, non loin d'une de nos plus importantes usines d'armement et elle y a noué des amitiés qui n'avaient pas toutes un caractère cynégétique. Bref, Mrs Vanderlyn est une personne très utile à... (Il décrivit un cercle avec son cigare.) Peut-être vaut-il mieux ne pas préciser à qui ! Disons seulement à une puissance européenne — sinon à plus d'une.

Carrington respira profondément.

— Vous m'ôtez un grand poids, Charles.

— Vous pensiez que j'avais succombé au chant de la sirène ? Mon cher George ! Les méthodes de Mrs Vanderlyn sont un peu trop cousues de fil blanc pour un vieux renard comme moi. Par ailleurs, elle n'est plus, comme dit l'autre, « aussi jeune qu'elle l'a été ». Vos petits chefs d'escadron ne s'en rendent sans doute pas compte. Mais j'ai cinquante-six ans, mon garçon. D'ici quatre ans, je serai sans doute un vieux cochon courant après un quarteron de débutantes récalcitrantes.

— J'ai été stupide, s'excusa Carrington, mais la situation paraissait un peu bizarre...

— Ça vous paraissait bizarre qu'elle se trouve ici, au cœur d'une réunion de famille, juste au moment où nous devions tenir, vous et moi, une conférence officieuse à propos d'une découverte qui va probablement révolutionner la défense aérienne ?

Sir George Carrington hocha la tête.

— Or, c'est précisément ça, dit lord Mayfield en souriant. C'est l'appât.

— L'appât ?

— Voyez-vous, George, pour parler comme au cinéma, nous n'avons en fait rien « sur » cette femme. Et nous voulons quelque chose. Elle s'en est trop bien tirée, jusqu'à maintenant. C'est qu'elle a été prudente, diablement prudente. *Nous* savons ce qu'elle cherche, mais nous n'en avons pas la preuve. Il faut la tenter en mettant le paquet.

— Le paquet étant les caractéristiques techniques du nouveau bombarbier ?

— Exactement. Il faut que ce soit quelque chose d'assez important pour l'amener à prendre un risque, à se montrer à découvert. Et alors... *nous la tiendrons.*

Sir George poussa un grognement.

— Oui... tout ça est bel et bon. Mais supposez qu'elle ne le prenne pas, ce risque ?

— Ce serait dommage, répondit lord Mayfield. Mais je pense qu'elle foncera tête baissée...

Il se leva.

— Si nous allions rejoindre ces dames au salon ? Il ne faut pas priver votre femme de son bridge.

— Julia aime trop son fichu bridge, grommela sir George. Elle ne peut pas se permettre de jouer ainsi à tout-va, et je le lui ai dit. Le malheur, c'est qu'il s'agit d'une joueuse-née.

Puis, rejoignant son hôte de l'autre côté de la table, il ajouta :

— J'espère que votre plan va réussir, Charles.

2

Au salon, la conversation s'était faite plus d'une fois languissante. Mrs Vanderlyn n'était guère à son avantage en compagnie des personnes de son sexe. Ses manières enjôleuses, tant goûtées du sexe fort, ne semblaient bizarrement pas emporter l'adhésion des femmes. Lady Julia pouvait se montrer au choix d'une exquise civilité ou d'une rare muflerie. En l'occurrence, elle détestait Mrs Vanderlyn, Mrs Macatta l'ennuyait à mourir, et elle ne faisait pas mystère de ses sentiments. La conversation allait de silence en silence et, sans le quasi-monologue de la représentante aux Communes, elle aurait pu cesser complètement.

Mrs Macatta était une femme opiniâtre et qui ne poursuivait qu'un dessein. Elle avait tout de suite classé Mrs Vanderlyn au rang des inutiles et des parasites. Quant à lady Julia, elle avait tenté de l'intéresser à sa prochaine fête de charité. Lady Julia avait répondu d'un ton vague, étouffé quelques bâillements et s'était replongée dans ses préoccupations intimes. Pourquoi Charles et sir George ne les rejoignaient-ils pas ? Ce que les hommes sont agaçants ! Au fur et à mesure qu'elle s'abîmait dans ses pensées et ses soucis personnels, ses commentaires s'étaient faits encore plus machinaux.

Les trois femmes étaient silencieuses quand les hommes les rejoignirent enfin.

« Julia n'a pas bonne mine, ce soir, se dit lord Mayfield. Quel paquet de nerfs ! »

— Que diriez-vous d'un bridge ? demanda-t-il à voix haute.

Lady Julia s'épanouit aussitôt. Le bridge était toute sa vie.

Comme Reggie Carrington venait d'arriver, on forma une table de quatre. Lady Julia, Mrs Vanderlyn, sir George et Reggie s'installèrent. Lord Mayfield se dévoua pour faire la conversation à Mrs Macatta.

Quand ils eurent terminé la deuxième partie, sir George regarda ostensiblement la pendule au-dessus de la cheminée.

— Cela ne vaut guère la peine d'en commencer une autre, remarqua-t-il.

Sa femme eut l'air déçu.

— Il n'est que 11 heures moins le quart. Une petite.

— Elles ne le sont jamais, ma chère, répondit sir George avec bonne humeur. De toute façon, Charles et moi avons du travail.

— Comme tout cela a l'air important ! susurra Mrs Vanderlyn. J'imagine que les hommes de premier plan comme vous n'ont jamais une minute de répit.

— La semaine de quarante-huit heures n'est pas pour nous, répondit sir George.

— Vous savez, continua de susurrer Mrs Vanderlyn, je ne suis qu'une Américaine mal dégrossie et j'en rougis de honte, mais les gens qui veillent aux destinées d'un pays me *fascinent*. C'est là un point de vue qui doit vous paraître bien naïf, sir George.

— Chère Mrs Vanderlyn, il ne me viendrait jamais à l'esprit de vous trouver naïve ou mal dégrossie.

Il lui sourit. Il y avait sans doute dans ses propos un brin d'ironie, qui ne lui échappa pas. Adroite, elle se tourna vers Reggie et lui décocha son sourire le plus ravageur.

— Je suis désolée de voir interrompre notre belle association. C'était follement habile de votre part, cette annonce de quatre sans atout.

— Un sacré coup de veine de ne pas y avoir laissé de plumes ! bredouilla Reggie rougissant et flatté.

— Au contraire ! C'était le fruit d'une déduction étonnante. Vous avez compris, d'après les annonces, dans quelles mains se trouvaient les cartes et vous avez joué en conséquence. Tout ça m'a paru brillantissime.

Lady Julia se leva brusquement.

« Sa pommade, elle l'étale au couteau », pensa-t-elle avec dégoût.

Son regard s'adoucit en se posant sur son fils. Il était sans méfiance. Il avait l'air si désespérément jeune et ravi ! Quelle naïveté ! Pas étonnant qu'il lui arrivât toujours des histoires. Il était trop confiant, trop gentil, voilà ce qu'il y avait. George ne le comprenait pas le moins du monde. Les hommes sont si carrés dans leurs jugements. Ils oublient qu'ils ont été jeunes eux-mêmes. George était beaucoup trop sévère avec Reggie.

Mrs Macatta s'était levée elle aussi. On se souhaita bonne nuit.

Les trois femmes se retirèrent. Lord Mayfield servit un verre à sir George, s'en versa un lui-même, et leva la tête comme Carlile apparaissait sur le seuil.

— Sortez les dossiers, et tous les papiers, voulez-vous, Carlile ? Y compris les plans et les clichés. Le général et moi ne tarderons pas. Nous allons juste faire un petit tour, n'est-ce pas, George ? La pluie a cessé.

Tournant les talons, Mr Carlile faillit heurter Mrs Vanderlyn et s'excusa.

— Mon livre, fit-elle en voguant vers eux toutes voiles dehors, celui que je lisais avant le dîner...

Reggie se précipita, un livre à la main.

— Celui-là ? Celui qui était sur le sofa ?

— Mais oui. Merci beaucoup, *beaucoup* !

Elle lui adressa son sourire le plus angélique, prit de nouveau congé et s'éclipsa.

Sir George avait ouvert une porte-fenêtre.

— La nuit est magnifique, annonça-t-il. Bonne idée d'aller faire une trotte.

— Bonne nuit, monsieur, dit Reggie. Je vais aller me mettre au lit.

— Bonne nuit, mon garçon, répondit lord Mayfield.

Reggie prit un roman policier qu'il avait commencé dans la soirée et sortit à son tour.

Lord Mayfield et sir George passèrent sur la terrasse. La nuit était belle, le ciel parsemé d'étoiles.

Sir George aspira l'air à pleins poumons.

— Pffft ! Cette femme s'inonde de parfum, remarqua-t-il.

Lord Mayfield se mit à rire.

— Quoi qu'il en soit, ce n'est pas un parfum bon marché. Je dirais même que c'est une des marques les plus chères du marché.

Sir George fit la grimace.

— Vous croyez que nous devons lui en être reconnaissants ?

— Vous devriez. Une femme empestant le parfum bon marché, c'est une des pires abominations de l'humanité.

Sir George regarda le ciel.

— C'est extraordinaire ce qu'il s'est éclairci, remarqua-t-il. Pendant le dîner, j'ai entendu la pluie tomber.

Les deux hommes déambulèrent sur la terrasse.

Celle-ci faisait le tour de la maison. Dessous, le terrain dévalait en pente douce, offrant une vue magnifique sur le Sussex.

Sir George alluma un cigare.

— A propos de ce nouvel alliage..., commença-t-il.

La conversation prit un tour technique.

Comme ils atteignaient pour la cinquième fois l'extrémité de la terrasse, lord Mayfield soupira :

— Ouf ! je suppose que nous ferions bien de nous y mettre.

— Oui, nous avons du pain sur la planche.

Comme ils faisaient demi-tour, lord Mayfield poussa une exclamation de surprise.

— Oh ! Vous avez vu ça ?

— Vu quoi ? demanda sir George.

— J'ai cru voir quelqu'un sortir par la fenêtre de mon bureau.

— Ridicule, mon vieux. Je n'ai rien vu.

— Eh bien, moi, si... Du moins, je l'ai bien cru.

— Vos yeux vous jouent des tours. Je regardais

droit dans cette direction et s'il y avait eu quelque chose à voir, je l'aurais vu. Peu de choses m'échappent... même si j'ai besoin de tenir mon journal à bout de bras.

— Là, je vous bats, gloussa lord Mayfield. Je lis aisément sans lunettes.

— Oui, mais à la Chambre, vous êtes incapable de reconnaître le type qui est en face de vous. A moins que ce monocle n'ait qu'un but d'intimidation ?

Ils pénétrèrent en riant dans le bureau de lord Mayfield dont la porte-fenêtre était restée ouverte.

Mr Carlile était près du coffre-fort, occupé à classer des papiers dans un dossier. Il leva la tête.

— Alors, Carlile, tout est prêt ?

— Oui, lord Mayfield, tous les documents sont sur votre bureau.

Le bureau en question était un imposant meuble en acajou, installé dans un coin de la pièce, près de la fenêtre. Lord Mayfield alla feuilleter les papiers qui le recouvraient.

— Belle nuit, maintenant, remarqua sir George.

— Oui, approuva Mr Carlile. Stupéfiant comme le ciel s'est dégagé, après la pluie.

Carlile rangea son dossier et demanda :

— Aurez-vous encore besoin de moi ce soir, lord Mayfield ?

— Non, je ne pense pas, Carlile. Je remettrai tout ça en place moi-même. Nous en avons sans doute pour un bout de temps. Vous feriez bien d'aller vous coucher.

— Merci. Bonne nuit, lord Mayfield. Bonne nuit, sir George.

— Bonne nuit, Carlile.

Comme le secrétaire s'en allait, lord Mayfield le rappela vivement.

— Un instant, Carlile. Vous avez oublié le plus important.

— Pardon, lord Mayfield ?

— Les plans du bombardier, mon vieux.

Le secrétaire ouvrit de grands yeux.

— Ils sont juste sur le dessus, monsieur.

— Je ne vois rien de pareil.

— Mais je viens de les y mettre !

— Regardez vous-même, mon vieux.

Ahuri, le jeune homme s'approcha du bureau. Avec un geste d'impatience, le ministre lui montra la pile de papiers. Carlile la feuilleta, de plus en plus stupéfait.

— Vous voyez bien qu'ils n'y sont pas.

— Mais..., bredouilla le secrétaire, mais c'est incroyable... Je les ai posés là. Il n'y a pas trois minutes.

— Vous avez dû vous tromper. Ils sont restés dans le coffre, déclara lord Mayfield avec bonhomie.

— Je ne vois pas par quel miracle. Je sais que je les ai mis là !

Lord Mayfield l'écarta du geste et alla au coffre-fort ouvert. Sir George l'y rejoignit. Il ne leur fallut pas longtemps pour constater que les plans du bombarbier n'y étaient pas.

Sidérés, incrédules, ils retournèrent feuilleter encore une fois les papiers qui se trouvaient sur le bureau.

— Mon Dieu ! s'exclama lord Mayfield, ils ont disparu !

— Mais c'est impossible ! s'écria Mr Carlile.

— Qui est venu ici ? demanda brutalement le ministre.

— Personne. Absolument personne.

— Enfin, Carlile, les plans ne se sont pas envolés tout seuls. Quelqu'un les a pris. Est-ce que Mrs Vanderlyn a mis les pieds ici ?

— Mrs Vanderlyn ? Oh, non, monsieur.

— Je ne le pense pas non plus, dit Carrington en reniflant. On le sentirait si elle était venue. Son parfum.

— Personne n'est venu, insista Carlile. Je n'y comprends rien.

— Remettez-vous, Carlile, dit lord Mayfield. Il nous faut tirer cette histoire au clair. Etes-vous absolument sûr que les plans étaient dans le coffre ?

— Absolument.

— Vous les avez vraiment vus ? Vous n'avez pas simplement présumé qu'ils étaient avec les autres documents ?

— Non, non, lord Mayfield. Je les ai vus. Je les ai posés sur le bureau, par-dessus les autres.

— Et depuis, vous dites que personne n'est entré dans cette pièce ? Et vous, en êtes-vous sorti ?

— Non... c'est-à-dire... oui.

— Ah ! s'écria sir George. Nous y voilà !

— Mais que diable... ? explosa lord Mayfield.

Carlile l'interrompit :

— En temps normal, il ne me serait jamais venu à l'idée de quitter cette pièce en laissant traîner des papiers de cette importance, mais en entendant une femme crier...

— Une femme crier ? s'exclama lord Mayfield, éberlué.

— Oui, monsieur. Cela m'a surpris plus que je ne saurais le dire. J'étais en train de déposer les papiers sur le bureau quand je l'ai entendue et, bien sûr, je me suis précipité dans le hall.

— Qui avait crié ?

— La femme de chambre française de Mrs Vanderlyn. Elle était au milieu de l'escalier, verte de peur et tremblante comme une feuille. Elle prétendait qu'elle avait vu un fantôme.

— Un fantôme ?

— Oui, une grande femme drapée de blanc qui se déplaçait sans bruit et flottait dans les airs.

— Qu'est-ce que c'est que cette histoire ? C'est grotesque !

— Oui, lord Mayfield, c'est ce que je lui ai dit. Je dois reconnaître qu'elle ne s'est pas sentie maligne. Elle est remontée et je suis revenu dans le bureau.

— Il y a combien de temps de cela ?

— Juste une ou deux minutes avant que vous et sir George ne rentriez.

— Et combien de temps vous êtes-vous absenté ?

Le secrétaire réfléchit.

— Deux minutes... trois au maximum.

— C'est bien suffisant, grommela lord Mayfield. (Il écrasa soudain l'avant-bras de son ami comme dans un étau.) George, l'ombre que j'ai vue s'échapper par cette fenêtre... c'était ça ! Dès que Carlile a quitté la pièce, quelqu'un est entré, a pris les plans en quatrième vitesse et a filé.

— Sale histoire, dit sir George.

Puis il saisit son ami par le bras.

— Nous sommes dans la panade jusqu'au cou, Charles. Que diable allons-nous faire ?

3

— Essayons tout de même, Charles.

Cela se passait une demi-heure plus tard. Les deux hommes étaient dans le bureau de lord Mayfield et sir George avait dépensé une énergie considérable pour convaincre son ami d'adopter la ligne de conduite qu'il préconisait.

Lord Mayfield, tout d'abord franchement opposé à son idée, s'y faisait peu à peu moins hostile.

— Ne soyez donc pas tellement tête de cochon, Charles ! insista sir George.

— Pourquoi aller chercher un fichu étranger dont nous ne savons rien ?

— Mais il se trouve justement que j'en sais long à son sujet. Ce type est une pure merveille.

— Humph !

— Ecoutez, Charles, c'est notre seule chance ! La discrétion est essentielle dans cette affaire. S'il y a des fuites...

— Quand il y aura des fuites, vous voulez dire !

— Pas nécessairement. Cet homme, Hercule Poirot...

— ... va débarquer ici et sortir les plans de son chapeau comme un prestidigitateur, j'imagine ?

— Il va découvrir la vérité. Et la vérité, c'est ce que nous voulons. Ecoutez, Charles, j'en prends sur moi toute la responsabilité.

— Oh ! Bon, dit lentement lord Mayfield, faites comme bon vous semble. Mais je ne vois pas ce que ce type peut obtenir.

Sir George décrocha le téléphone.

— Je l'appelle tout de suite.

— Il doit être au lit.

— Il peut se lever. Crénom de nom ! Charles, on ne peut pas laisser cette femme s'en tirer comme ça !

— Vous pensez à Mrs Vanderlyn ?

— Oui. Vous ne doutez tout de même pas qu'elle soit derrière tout ça, non ?

— Non, bien sûr. Elle a renversé la situation pour de bon. J'ai du mal à admettre qu'une femme ait été plus maligne que nous. Ça ne va pas dans le sens du poil. Mais c'est pourtant bien le cas. Nous n'aurons jamais de preuves contre elle, même si nous savons pertinemment qu'elle a été la force motrice de cette affaire.

— Les femmes, c'est la pire des calamités, affirma Carrington avec conviction.

— Et rien qui la rattache à tout ça, nom de Dieu ! On peut penser que c'est elle qui a imaginé de faire pousser des cris à sa femme de chambre, histoire de détourner l'attention, et que l'homme que j'ai vu dehors était son complice, mais du diable si nous pouvons le prouver.

— Peut-être qu'Hercule Poirot le pourra, lui.

Soudain lord Mayfield éclata de rire.

— Bon dieu de bois, George ! Moi qui vous croyais bien trop anglais pour faire confiance à un Français, aussi malin soit-il !

— Il n'est même pas français, il est belge, répondit sir George, un tantinet confus.

— Eh bien, faites-le venir, votre Belge. Qu'il s'essaye les dents sur cette affaire. Je parie qu'il ne réussira pas mieux que nous.

Sans relever, sir George empoigna le téléphone.

4

Papillotant des paupières, Hercule Poirot regarda tour à tour ses deux interlocuteurs. Et, avec le maximum de discrétion, il étouffa un bâillement.

Il était 2 h et demie du matin. On l'avait tiré du lit et une grosse Rolls Royce l'avait propulsé jusqu'ici dans la nuit. Il venait d'entendre ce que les deux hommes avaient à lui dire.

— Voilà les faits, monsieur Poirot, dit lord Mayfield.

Il se carra dans son fauteuil et rajusta lentement son monocle. Son œil bleu pâle et pénétrant étudia alors Poirot avec le maximum d'attention. Il était non moins sceptique que pénétrant, l'œil en question. Poirot jeta un bref regard à sir George Carrington.

L'infortuné général était penché vers lui avec une expression d'espoir presque enfantine.

— Je connais les faits, oui, déclara Poirot. La femme de chambre hurle, le secrétaire sort, l'inconnu entre, les plans sont sur le bureau, il s'en empare et file. Ils s'enchaînent... fort à propos, les faits en question.

Quelque chose dans son intonation retint l'attention de lord Mayfield. Il se redressa et son monocle tomba. On aurait dit que son esprit était de nouveau sur le qui-vive.

— Je vous demande pardon, monsieur Poirot ?

— Je disais que les faits s'enchaînaient fort à propos... pour le voleur. Au fait vous êtes sûr d'avoir aperçu un homme ?

Lord Mayfield secoua la tête.

— Je ne pourrais pas l'affirmer. Ce n'était... rien qu'une ombre. D'ailleurs, j'en suis presque arrivé à douter d'avoir vu quelqu'un.

— Et vous, sir George ? demanda Poirot. Pourriez-vous préciser s'il s'agissait d'un homme ou d'une femme ?

— Moi, je n'ai vu personne.

Poirot dodelina de la tête, pensif. Puis il se leva soudain et s'approcha du bureau.

— Je peux vous assurer que les plans n'y sont pas, déclara lord Mayfield. Nous l'avons déjà vérifié une demi-douzaine de fois tous les trois.

— Tous les trois ? Vous voulez dire, votre secrétaire aussi ?

— Oui.

Poirot se retourna subitement.

— Dites-moi, lord Mayfield, quel est le papier qui se trouvait sur le dessus de la pile quand vous vous êtes penché sur le bureau ?

Mayfield fit un effort de mémoire.

— Voyons... oui, c'était un bref résumé de l'état de notre défense aérienne.

Avec dextérité, Poirot tira un papier de la pile.

— Serait-ce celui-ci, lord Mayfield ?

Lord Mayfield s'en saisit et y jeta un coup d'œil.

— Oui, c'est bien ça.

Poirot le passa à Carrington.

— Aviez-vous remarqué ce papier sur le bureau ?

Sir George le tint à bout de bras, puis chaussa son pince-nez.

— Oui, c'est exact. Moi aussi j'ai feuilleté les documents. Celui-ci se trouvait sur le dessus.

Poirot hocha la tête, songeur. Il remit le papier sur le bureau. Mayfield le regardait faire, un peu déconcerté.

— Si vous n'avez pas d'autres questions..., commença-t-il.

— Mais si, il y a encore une question. C'est Carlile la question.

Les couleurs de lord Mayfield montèrent d'un ton.

— Carlile, monsieur Poirot, est au-dessus de tout soupçon ! Il est mon secrétaire personnel depuis neuf ans. Il a accès à tous mes papiers, et je vous ferais remarquer qu'il aurait pu aisément faire une copie de ces plans et un relevé des caractéristiques techniques de l'appareil sans que personne y voie que du feu.

— Je le reconnais, dit Poirot. Si c'était lui le coupable, il n'aurait pas eu besoin d'une mise en scène aussi grossière.

— De toute façon, dit lord Mayfield, je suis sûr de Carlile. Je réponds de lui.

— Carlile, décréta Carrington d'un ton bourru, est tout ce qu'il y a de bien.

Poirot écarta gracieusement les mains.

— Et cette Mrs Vanderlyn... elle est tout ce qu'il y a de mal ?

— C'est une bonne femme redoutable, gronda sir George.

— Je pense, monsieur Poirot, que les... euh... activités de Mrs Vanderlyn ne laissent place à aucun doute, déclara lord Mayfield sur un ton plus mesuré. Le Foreign Office peut vous donner des informations précieuses à ce sujet.

— Et la femme de chambre, d'après vous, est complice de sa patronne ?

— Sans aucun doute, dit sir George.

— Cela paraît plausible, déclara lord Mayfield, plus prudent.

Un silence suivit. Poirot soupira et arrangea machinalement quelques objets sur la table, à sa droite. Puis il reprit :

— Je présume que ces documents valent de l'argent ? Autrement dit, qu'on peut obtenir une grosse somme en liquide contre ces papiers ?

— A condition d'aller frapper à la bonne porte, oui.

— Par exemple ?

Sir George mentionna deux puissances européennes.

Poirot hocha la tête.

— Tout le monde le sait, je suppose ?

— Mrs Vanderlyn le sait certainement.

— J'ai dit, *tout le monde* ?

— Je suppose, oui.

— N'importe qui, doté d'un minimum d'intelligence, saurait apprécier la valeur de ces plans ?

— Oui, mais monsieur Poirot...

Lord Mayfield paraissait très mal à l'aise. Poirot l'arrêta d'un geste.

— Je ne fais qu'explorer toutes les avenues, comme vous dites en anglais.

Soudain, il se releva, enjamba lestement l'appui de fenêtre et, muni d'une torche électrique, alla examiner le gazon au pied de la terrasse.

Les deux hommes l'observaient.

Il revint par le même chemin, s'assit et demanda :

— Dites-moi, lord Mayfield, ce malfaiteur, ce rôdeur de l'ombre, vous ne lui avez pas donné la chasse ?

Lord Mayfield haussa les épaules.

— Au bout du parc, il pouvait retrouver la grande route. Si une voiture l'attendait, il aurait vite été hors d'atteinte.

— Mais la police de la route ? Et les services de sécurité ?

— Vous négligez un point, monsieur Poirot, intervint sir George. *Il est hors de question de risquer la moindre publicité autour de cette affaire.* Si le vol de ces plans venait à être connu du grand public, ce serait désastreux pour le Parti.

— Où avais-je la tête ? dit Poirot. N'oublions pas la sacro-sainte politique ! La plus grande discrétion est de rigueur. C'est la raison pour laquelle vous avez fait appel à moi. Bah ! voilà qui rendra sans doute les choses plus simples.

— Vous escomptez réussir, monsieur Poirot ? demanda lord Mayfield, un rien sceptique.

— Pourquoi pas ? Il suffit de raisonner... de réfléchir.

Il s'arrêta un instant, puis reprit :

— J'aimerais parler à Mr Carlile, à présent.

— Cela va de soi, dit lord Mayfield en se levant. Je lui ai demandé d'attendre. Il ne doit pas être loin.

Il sortit de la pièce.

Poirot regarda sir George.

— Eh bien, fit-il. Et cet homme sur la terrasse ?

— Mon cher monsieur Poirot. Ne me demandez rien ! Je ne l'ai pas vu, comment voulez-vous que je vous le décrive ?

Poirot se pencha vers lui.

— Vous me l'avez déjà dit. Mais ce n'est pas tout à fait ça.

— Qu'entendez-vous par là ? grommela sir George.

— Votre incrédulité a — comment dire ? — des fondements plus profonds.

Sir George allait parler. Il se ravisa.

— Mais si ! insista Poirot. Revenons sur ce point. Vous vous trouvez tous deux à l'extrémité de la terrasse. Lord Mayfield voit une ombre se glisser dehors par la fenêtre et s'éloigner sur la pelouse. Comment se fait-il que vous n'ayez rien vu ?

— C'est bien là le hic, monsieur Poirot, et vous avez mis le doigt dessus. Ça n'a pas cessé de me turlupiner depuis. Voyez-vous, j'aurais juré que personne n'était passé par cette fenêtre. Je m'étais dit que Mayfield avait dû rêver, voir une branche bouger ou quelque chose dans ce goût-là. Mais quand nous sommes rentrés et que nous avons découvert le vol, cela m'a paru prouver qu'il avait vu juste et que c'était moi qui avais tort. Et pourtant...

Poirot sourit.

— Et pourtant, au plus profond de vous-même, vous croyez au témoignage — au témoignage négatif — de vos propres yeux ?

— Vous avez raison, monsieur Poirot, j'y crois.

— C'est la sagesse même.

— Il n'y avait pas d'empreintes dans le gazon ? maugréa sir George.

Poirot secoua la tête.

— Lord Mayfield croit apercevoir une ombre. Puis on découvre le vol et il en devient sûr, il en donnerait sa tête à couper : ce n'est pas de l'imagination, il a bel et bien *vu* quelqu'un. Seulement... seulement voilà, ce n'est pas le cas. Pour ma part, je ne m'intéresse pas outre mesure aux empreintes et autres fariboles, mais nous avons quand même là une preuve négative. *Il n'y avait pas trace de pas dans le gazon.* Il avait beaucoup plu hier soir. Si un homme était passé de la terrasse sur le gazon, il aurait laissé des empreintes.

Sir George écarquilla les yeux.

— Mais alors...

— Cela nous ramène à cette maison. Aux occupants de cette maison.

Il s'interrompit car lord Mayfield entrait, accompagné de Mr Carlile.

Bien qu'encore pâle et inquiet, le secrétaire s'était ressaisi. Il s'assit, rajusta son pince-nez et regarda Poirot d'un air interrogateur.

— Depuis combien de temps étiez-vous dans ce bureau lorsque vous avez entendu crier, jeune homme ?

Carlile réfléchit.

— Entre cinq et dix minutes, me semble-t-il.

— Et avant ça, vous n'aviez perçu aucune agitation particulière ?

— Non.

— Si j'ai bien compris, les invités ont passé la majeure partie de la soirée dans une seule pièce ?

— Oui, dans le salon.

Poirot consulta son carnet de notes.

— Sir George Carrington et sa femme. Mrs Macatta. Mrs Vanderlyn. Mr Reggie Carrington. Lord Mayfield et vous-même. C'est bien ça ?

— Personnellement, je n'étais pas dans le salon. Je suis resté ici à travailler presque tout le temps.

— Qui est allé se coucher en premier ? demanda Poirot à lord Mayfield.

— Lady Julia Carrington, je crois. Ou plutôt, les trois femmes sont parties ensemble.

— Et ensuite ?

— Mr Carlile est entré et je lui ai demandé de préparer les documents car sir George et moi n'allions pas tarder à venir.

— C'est alors que vous avez décidé de faire un tour sur la terrasse ?

— En effet.

— Avez-vous parlé de votre intention de travailler dans le bureau à portée de voix de Mrs Vanderlyn ?

— Nous y avons fait allusion, oui.

— Mais elle n'était pas présente quand vous avez demandé à Mr Carlile de sortir les papiers ?

— Non.

— Excusez-moi, lord Mayfield, intervint Carlile. Juste après que vous m'avez dit ça, nous nous sommes heurtés sur le seuil. Elle était revenue chercher un livre.

— Et vous pensez qu'elle aurait pu entendre ?

— C'est une éventualité, oui.

— Elle est revenue chercher un livre, médita Poirot. Lui avez-vous trouvé son livre, lord Mayfield ?

— Oui, Reggie le lui a donné.

— Ha ! ha ! c'est un truc vieux comme le monde, cette histoire de revenir parce qu'on a oublié un livre. Ça marche à tous les coups.

— Vous pensez que c'était prémédité ?

Poirot haussa les épaules.

— Et après ça, vous êtes sortis tous deux sur la terrasse. Et Mrs Vanderlyn ?

— Elle est repartie avec son livre.

— Et le jeune Reggie ? Il est allé se coucher, lui aussi ?

— Oui.

— Ensuite, Mr Carlile vient ici, et au bout de cinq

à dix minutes, il entend un cri. Continuez, Mr Carlile. Vous entendez un cri et vous sortez dans le hall. Ah ! ce serait peut-être plus simple si vous refaisiez exactement les mêmes gestes.

Mr Carlile se leva, un peu gêné.

— Voilà, je crie, dit Poirot pour l'aider.

Il ouvrit la bouche et émit un bêlement aigu. Lord Mayfield tourna la tête pour cacher un sourire. Carlile, lui, paraissait mal à l'aise.

— Allez ! En avant, marche ! s'écria Poirot. Je vous ai donné le signal.

Mr Carlile marcha avec raideur jusqu'à la porte, l'ouvrit et sortit. Poirot le suivit, les deux autres dans son sillage.

— Avez-vous refermé la porte ou l'avez-vous laissée ouverte ?

— Je ne m'en souviens plus. Je pense que j'ai dû la laisser ouverte.

— Peu importe. Continuez.

Toujours aussi raide, Mr Carlile gagna le pied de l'escalier et y resta planté, la tête levée.

— Vous avez dit que la femme de chambre était dans l'escalier. A quelle hauteur ?

— Vers le milieu.

— Et elle avait l'air bouleversée ?

— Complètement bouleversée.

— Eh bien, je suis la bonne, déclara Poirot en gravissant les marches avec légèreté. A peu près ici ?

— Une ou deux marches plus haut.

— Comme ça ?

Poirot prit la pose.

— Ma foi, euh... Non, pas tout à fait.

— Comment, alors ?

— Eh bien... elle se tenait la tête à deux mains.

— Ah, la tête et les mains ! C'est très intéressant. Comme ça ?

Poirot leva les bras et posa ses mains sur sa tête, juste au-dessus de chaque oreille.

— Oui, c'est ça.

— Tiens, tiens ! Et dites-moi, Mr Carlile, elle est jolie, oui ?

— Je vous garantis que je n'ai pas remarqué, répondit-il d'un ton gourmé.

— Tiens donc ! Vous n'avez pas remarqué ? Pourtant vous êtes jeune. Est-ce qu'un jeune homme ne remarque pas si une fille est jolie ou non ?

Carlile jeta un regard de détresse à son patron. Sir George Carrington se mit à rire.

— Monsieur Poirot semble vouloir faire de vous un joyeux drille, Carlile !

— Moi, si une fille est jolie, je le remarque toujours, affirma Poirot en redescendant.

Mr Carlile accueillit cette observation avec un silence réprobateur.

— C'est alors qu'elle vous a déclaré avoir aperçu un fantôme ? poursuivit Poirot.

— Oui.

— Vous avez cru à son histoire ?

— Pas vraiment, monsieur Poirot.

— Je ne vous demande pas si vous croyez aux fantômes. Ce que je veux dire, c'est si vous vous êtes dit tout de suite que cette fille croyait réellement avoir vu quelque chose ?

— Oh, ça alors, je n'en sais rien. En tout cas, elle haletait et avait l'air bouleversée.

— Avez-vous vu ou entendu sa maîtresse ?

— En fait, oui. Elle est sortie de sa chambre et a appelé de la galerie : « Léonie ! »

— Et alors ?

— La fille est remontée en courant et je suis retourné dans le bureau.

— Pendant que vous étiez ici, en bas de l'escalier, quelqu'un aurait-il pu entrer dans le bureau par la porte que vous aviez laissée ouverte ?

Carlile secoua la tête.

— Non, pas sans passer devant moi. Comme vous voyez, la porte du bureau est au bout du corridor.

Songeur, Poirot hocha la tête. Carlile poursuivit, de sa voix nette et précise :

— Je dois avouer que je suis très reconnaissant à lord Mayfield d'avoir vu le voleur passer par la fenêtre. Sinon, je me serais trouvé dans une fâcheuse position.

— C'est absurde, mon cher Carlile, coupa lord Mayfield avec impatience. On ne peut en aucun cas vous soupçonner.

— Vous êtes trop aimable, lord Mayfield, mais les faits sont les faits, et je vois bien qu'ils jouent contre moi. De toute façon, j'espère que je serai fouillé, moi et mes affaires.

— Absurde, mon cher, dit Mayfield.

— Vous l'espérez sérieusement ? demanda Poirot.

— Je préférerais infiniment.

Poirot le regarda un instant d'un air songeur et murmura :

— Je comprends...

Puis il demanda :

— Où se situe la chambre de Mrs Vanderlyn par rapport au bureau ?

— Juste au-dessus.

— Avec une fenêtre donnant sur la terrasse ?

— Oui.

Poirot hocha de nouveau la tête.

— Allons dans le salon, dit-il.

Il arpenta la pièce, vérifia la fermeture des portes-fenêtres, jeta un coup d'œil sur les marques de bridge et, finalement, s'adressa à lord Mayfield.

— Cette affaire, dit-il, est plus compliquée qu'il n'y paraît. Mais une chose est sûre : les plans n'ont pas quitté la maison.

Lord Mayfield haussa les épaules :

— Mais, mon cher monsieur Poirot, l'homme que j'ai vu sortir du bureau...

— Cet homme n'existe pas.

— Mais je l'ai vu...

— Avec tout le respect que je vous dois, lord Mayfield, vous avez cru le voir. L'ombre d'une branche vous aura trompé. Et le fait qu'il y ait eu vol vous aura conforté dans cette idée.

— Tout de même, monsieur Poirot, le témoignage de mes propres yeux...

— Je parie ma vue contre la vôtre quand vous voudrez, mon vieux, intervint sir George.

— Permettez-moi d'être affirmatif sur ce point, lord Mayfield. *Personne n'est passé de la terrasse sur la pelouse.*

Pâle et guindé, Mr Carlile intervint :

— Dans ce cas, si M. Poirot a raison, les soupçons retombent automatiquement sur moi. Je suis la seule personne qui ait pu commettre ce vol.

Lord Mayfield se leva d'un bond.

— Ridicule. Quoi qu'en pense M. Poirot, je ne suis pas d'accord avec lui. Je suis convaincu de votre innocence, mon cher Carlile. Je suis prêt à m'en porter garant.

— Mais je n'ai jamais dit que je soupçonnais Mr Carlile, protesta Poirot avec douceur.

— Non, mais vous avez très bien démontré que personne d'autre n'avait pu commettre ce vol, riposta Carlile.

— Du tout, mon bon ! Du tout !

— Mais je vous ai dit que personne n'était passé dans l'entrée ni allé vers la porte du bureau.

— Je suis d'accord. Mais quelqu'un aurait pu entrer par la *fenêtre* du bureau.

— Mais vous venez justement de dire que cela ne s'était pas passé comme ça !

— Non, j'ai dit que personne, *depuis l'extérieur,* n'aurait pu entrer et repartir sans laisser de traces sur la pelouse. Mais la partie était jouable depuis *l'intérieur* de la maison... Quelqu'un pouvait enjamber la fenêtre de sa chambre, se faufiler sur la terrasse, pénétrer par la fenêtre du bureau, et repartir ensuite par le même chemin.

— Mais lord Mayfield et sir George se trouvaient justement sur la terrasse, objecta Mr Carlile.

— Ils étaient sur la terrasse, oui, mais ils se promenaient. On peut sans nul doute faire confiance aux yeux de sir George Carrington, déclara Poirot avec une courbette, mais il n'en a pas derrière la tête ! La fenêtre du bureau est à l'extrême gauche de la terrasse, ensuite viennent celles du salon, mais la terrasse se prolonge à droite et passe devant une, deux, trois, peut-être quatre pièces ?

— La salle à manger, la salle de billard, le petit salon et la bibliothèque, précisa lord Mayfield.

— Et combien d'allers et retours avez-vous effectués sur la terrasse ?

— Au moins cinq ou six.

— Vous voyez, ce n'est pas difficile, le voleur n'avait qu'à attendre le bon moment !

— Vous voulez dire que pendant que j'étais dans le hall avec la Française, le voleur attendait dans le salon ? articula Carlile.

— C'est ma première hypothèse. Mais ce n'est, bien sûr, qu'une hypothèse.

— Cela ne me paraît pas très vraisemblable, remarqua lord Mayfield. Trop aléatoire.

— Je ne suis pas de votre avis, Charles, décréta le chef des Forces aériennes. C'est tout ce qu'il y a de possible. Je me demande pourquoi je n'y ai pas songé moi-même.

— Maintenant vous comprenez pourquoi j'estime que les plans sont toujours dans la maison, déclara Poirot. Le problème est à présent de les trouver !

— Rien de plus facile, grommela sir George. Fouillons tout le monde.

Lord Mayfield allait protester quand Poirot le devança :

— Non, non, ce n'est pas aussi simple que ça. Le voleur aura prévu cette fouille et se sera assuré que les plans sont à l'abri et que l'on ne pourra pas les retrouver dans ses affaires. Ils sont certainement cachés en terrain neutre.

— Nous proposez-vous de jouer à cache-cache dans toute cette satanée baraque ?

Poirot sourit.

— Non, non, pas de méthode aussi grossière. Nous pouvons découvrir la cachette — ou l'identité du coupable — en réfléchissant. Cela simplifiera les choses. Au matin, j'aimerais interroger tous les habitants de cette maison. Il serait mal avisé, je pense, de le faire maintenant.

Lord Mayfield hocha la tête.

— Si nous tirions tout le monde du lit à 3 heures du matin, reconnut-il, cela provoquerait trop de commentaires. De toute façon, vous allez devoir procéder à des opérations de camouflage, monsieur Poirot. L'affaire ne doit pas venir au grand jour.

Poirot balaya l'objection de la main.

— Comptez sur Hercule Poirot. Les mensonges que j'invente sont toujours des plus subtils et des plus convaincants. Je commencerai donc mon enquête demain. Mais ce soir, j'aimerais avoir un entretien avec vous, sir George, et avec vous, lord Mayfield, dit-il en s'inclinant devant eux.

— Vous voulez dire... seul à seul ?

— Oui, c'est bien ainsi que je l'entendais.

Lord Mayfield sourcilla quelque peu.

— Très bien, concéda-t-il enfin. Je vous laisse seul avec sir George. Quand vous aurez besoin de moi, vous me trouverez dans mon bureau. Venez Carlile.

Son secrétaire et lui sortirent en refermant la porte sur eux.

Sir George s'assit, prit machinalement une cigarette et regarda Poirot d'un air intrigué.

— Je ne comprends pas très bien où vous voulez en venir.

— L'explication en est pourtant simple, répondit Poirot en souriant. En deux mots, pour être précis : Mrs Vanderlyn !

— Ah ! Je crois que je saisis. Mrs Vanderlyn ?

— Exactement. Il ne serait pas très délicat, voyez-vous, de poser à lord Mayfield la question qui me brûle les lèvres. *Pourquoi* Mrs Vanderlyn ? Cette dame a une réputation douteuse. Alors, que fait-elle ici ? Il y a trois explications possibles, me suis-je dit. Un, lord Mayfield a un penchant pour la dame — c'est pourquoi j'ai insisté pour vous parler hors de sa présence : je ne voulais pas l'embarrasser. Deux, Mrs Vanderlyn est peut-être l'amie de cœur de quelqu'un d'autre ici ?

— Vous pouvez m'exclure ! déclara sir George avec un sourire.

— Dans ce cas, si aucune de ces explications n'est la bonne, la question se pose avec une force redoublée : *pourquoi Mrs Vanderlyn ?* Et il me semble que je perçois un semblant de réponse. Il y a une *raison* à ça. Une raison précise pour laquelle lord Mayfield a désiré qu'elle soit présente à ce moment précis. J'ai tort ?

Sir George secoua la tête.

— Pas du tout. Mayfield est trop vieux renard pour se laisser prendre à ses filets. Il a voulu qu'elle soit là pour un tout autre motif. Voilà de quoi il s'agit.

Il lui raconta l'entretien d'après-dîner. Poirot l'écouta avec la plus grande attention.

— Maintenant, je comprends, dit-il. Néanmoins, on dirait que la dame vous a contré, et dans les grandes largeurs.

Sir George jura sans retenue. Et Poirot le regarda faire non sans amusement.

— Vous ne doutez pas un instant que ce vol soit son œuvre. Je veux dire qu'elle en soit responsable, qu'elle y ait ou non pris une part active ?

Sir George écarquilla les yeux.

— Evidemment non ! Qui d'autre aurait pu avoir intérêt à voler ces plans ?

— Bah ! fit Hercule Poirot, les yeux au plafond. Et pourtant, sir George, nous sommes tombés d'accord, il n'y a pas un quart d'heure, pour dire que ces documents représentaient beaucoup d'argent. Peut-être pas sous forme de billets de banque, d'or, ou de bijoux, d'accord. Mais ils n'en représentent pas moins de l'argent potentiel. Si quelqu'un, dans cette maison, se trouvait à court...

Sir George l'interrompit avec un grognement.

— Qui ne l'est pas, de nos jours ? Je crois pouvoir le dire sans m'incriminer pour autant.

Il sourit. Poirot sourit poliment en retour et murmura :

— Mais bien sûr, vous pouvez dire tout ce que vous voulez, sir George, car vous avez un alibi inattaquable.

— Je n'en suis pas moins diablement fauché.

Poirot hocha tristement la tête.

— Hé oui, un homme dans votre position a de lourdes charges. Et vous avez un fils qui est à un âge où on jette l'argent par les fenêtres...

— Des études lamentables, maugréa sir George. Et des dettes par-dessus le marché. Remarquez, ce n'est quand même pas le mauvais bougre.

Poirot prêta une oreille complaisante. Il entendit les innombrables griefs du général de corps d'armée aérienne. Le manque de cran et d'endurance de la jeune génération, l'incroyable manière qu'ont les mères de gâter leurs enfants et de se mettre toujours de leur côté, la malédiction que représente la passion du jeu quand elle s'empare d'une femme, la folie qu'il y a à accepter des enjeux au-dessus de ses moyens. Sir George généralisait et ne faisait aucune allusion directe à sa femme ou à son fils, mais ses généralités étaient d'une telle transparence que le tout était cousu de fil blanc.

Il s'interrompit soudain.

— Désolé de vous faire perdre votre temps en vous entraînant hors du sujet, surtout au beau milieu de la nuit... ou plutôt au petit matin.

Il réprima un bâillement.

— Je vous propose d'aller vous coucher, sir George. Vous avez été très aimable et vous m'avez beaucoup aidé.

— D'accord, je vais y aller. Vous pensez réellement que nous avons une chance de récupérer les documents ?

Poirot haussa les épaules.

— J'ai l'intention d'essayer. Je ne vois pas pourquoi on ne les retrouverait pas.

— Sur ce, j'y vais. Bonne nuit.

Il quitta la pièce.

Resté seul, Poirot réfléchit en regardant le plafond, puis il sortit un calepin, chercha une page vierge et écrivit :

Mrs Vanderlyn ?
Lady Julia Carrington ?
Mrs Macatta ?
Reggie Carrington ?
Mr Carlile ?

Puis, en dessous :

Mrs Vanderlyn et Mr Reggie Carrington ?
Mrs Vanderlyn et lady Julia ?
Mrs Vanderlyn et Mr Carlile ?

Mécontent, il secoua la tête et murmura :
— C'est plus simple que ça.

Il ajouta alors quelques phrases :

Lord Mayfield a-t-il aperçu une « ombre » ? Sinon, pourquoi le dire ? Sir George a-t-il vu quelque chose ? Il a été certain de n'avoir rien vu APRÈS que j'ai examiné la plate-bande.
Note : *lord Mayfield est myope, il lit sans lunettes mais a besoin d'un monocle pour voir à l'autre bout de la pièce. Sir George est presbyte. Donc, du bout de la terrasse, sa vue est plus fiable que celle de lord Mayfield. Pourtant, lord Mayfield affirme qu'il a vu quelque chose et les dénégations de son ami ne l'ébranlent pas.*

Quelqu'un peut-il être aussi insoupçonnable que le paraît Carlile ? Mayfield est catégorique. Un peu trop. Pourquoi ? Parce qu'il le soupçonne en secret et qu'il en a honte ? Ou parce qu'il soupçonne quelqu'un

d'autre ? C'est-à-dire, quelqu'un d'autre que Mrs Van-
derlyn ?

Il remit son calepin dans sa poche.
Puis il se leva et se dirigea vers le bureau.

5

Lord Mayfield était assis à son bureau quand Poirot entra. Il reposa son stylo, fit pivoter son fauteuil
et leva les yeux, l'air interrogateur.

— Alors, monsieur Poirot, vous avez soumis Carrington à la question ?

Poirot s'assit en souriant.

— Oui, lord Mayfield. Il a éclairé un point qui
m'intriguait.

— Lequel ?

— La raison de la présence ici de Mrs Vanderlyn.
Vous comprenez, je pensais que, peut-être...

Lord Mayfield fut prompt à saisir la cause de l'embarras exagéré du détective.

— Vous pensiez que j'avais un faible pour la
dame ? Pas du tout. Loin de là. Mais bizarrement,
Carrington s'était dit la même chose.

— Oui, il m'a parlé de la conversation que vous
avez eue à ce sujet.

Lord Mayfield semblait dépité.

— Ma petite machination a fait long feu. C'est
toujours très désagréable d'avoir à reconnaître
qu'une femme vous a roulé.

— Elle n'a gagné que la première manche,
lord Mayfield.

— Vous pensez que nous pouvons encore rempor-
ter la partie ? Je suis heureux de vous l'entendre
dire. Pourvu que vous ayez raison.

Il soupira.

— Je me suis conduit comme un imbécile...
J'étais si fier du piège que je lui avais tendu.

Poirot alluma une de ses minuscules cigarettes.

— Ça consistait en quoi au juste, lord Mayfield ?

— Voyez-vous, éluda le ministre, je n'étais pas
encore entré dans les détails.

— Vous n'en aviez parlé à personne ?

— Non.

— Pas même à Mr Carlile ?

— Non.

Poirot sourit.

— Vous êtes du genre à agir en solitaire, si je ne
m'abuse.

— Je sais d'expérience que c'est habituellement la
meilleure solution.

— C'est la sagesse même. *Ne faire confiance à personne*. Mais vous en avez quand même parlé à
sir Carrington ?

— Uniquement parce que j'ai compris que le
pauvre vieux était très inquiet pour moi.

Lord Mayfield sourit à ce souvenir.

— C'est un vieil ami à vous ?

— Oui. Je le connais depuis plus de vingt ans.

— Et sa femme ?

— Sa femme aussi, bien entendu.

— Mais, pardonnez mon impudence, vous n'êtes
pas aussi intime avec elle ?

— Je ne vois pas ce que mes relations person-
nelles viennent faire dans notre histoire, monsieur
Poirot.

— Permettez-moi d'estimer, lord Mayfield,
qu'elles peuvent avoir beaucoup à y faire. Vous avez
admis, n'est-il pas vrai ? ma théorie supposant que
quelqu'un avait pu se trouver au salon.

— Oui. En fait, je pense comme vous que c'est ce
qui a dû se passer.

— Nous ne dirons pas « dû », ce serait afficher
trop de sûreté de soi. Mais si ma théorie est fondée,
quelle était selon vous la personne en question ?

— De toute évidence, Mrs Vanderlyn. Elle était

déjà revenue une fois chercher un livre. Elle aurait pu revenir une fois de plus pour un autre livre, pour un sac à main, pour un mouchoir qu'elle aurait laissé tomber — sous un de ces mille et un prétextes féminins. Elle convient avec sa femme de chambre que celle-ci va hurler, histoire de faire sortir Carlile du bureau. Sur quoi elle entre par la fenêtre et ressort par le même chemin, comme vous l'avez dit.

— Vous oubliez qu'il ne peut s'agir de Mrs Vanderlyn. Carlile l'a entendue appeler sa femme de chambre d'*en haut* pendant qu'il lui parlait.

Lord Mayfield se mordit la lèvre.

— C'est juste. J'avais oublié, admit-il, la mine contrite.

— Vous voyez bien, fit Poirot avec douceur. Cependant, nous progressons. Nous avons commencé par pencher pour une explication simpliste, celle du voleur venu de l'*extérieur* et reparti avec son butin. Une théorie bien commode, comme je l'ai déjà fait remarquer, trop commode pour qu'on s'y attarde. Nous l'avons récusée. De là nous sommes passés à la théorie de l'agent étranger — Mrs Vanderlyn — et celle-là aussi paraît merveilleusement cohérente, du moins jusqu'à un certain point. Mais elle est également trop facile, trop commode pour être acceptée.

— Vous laveriez Mrs Vanderlyn de tout soupçon ?

— Mrs Vanderlyn n'était pas dans le salon. Le vol aurait pu être commis par un complice de Mrs Vanderlyn, mais il est tout aussi possible qu'il ait été commis par quelqu'un d'autre. Dans ce cas, il faut prendre en considération le mobile.

— Est-ce que ce n'est pas un peu tiré par les cheveux, monsieur Poirot ?

— Je ne pense pas. Maintenant quels peuvent être ces mobiles ? Il y a l'argent. On peut avoir dérobé ces documents dans l'intention de les monnayer. C'est le plus simple. Mais l'objectif peut être très différent.

— Par exemple... ?

— Le vol peut avoir été commis dans le but de nuire à quelqu'un.

— A qui ?

— Peut-être à Mr Carlile. Il ferait un suspect idéal. Mais cela pourrait être pire. Les hommes qui veillent aux destinées d'un pays, lord Mayfield, sont particulièrement vulnérables à l'opinion publique.

— Autrement dit, le voleur aurait cherché à m'atteindre, *moi* ?

Poirot hocha la tête.

— Je crois savoir, lord Mayfield, que vous avez connu une période difficile, il y a environ cinq ans. Vous avez été soupçonné d'amitié pour une puissance européenne qui, à l'époque, était très mal vue de l'électorat de ce pays.

— Exact, monsieur Poirot.

— Tout homme d'Etat doit assumer de nos jours une tâche difficile. Il lui faut mener la politique qui lui paraît la meilleure pour son pays, mais il doit en même temps tenir compte de la force du sentiment populaire. Le sentiment populaire est le plus souvent irrationnel, confus et éminemment discutable. Ce qui n'est pas une raison pour ne pas le prendre en considération.

— Vous exprimez cela très bien. C'est exactement la malédiction de l'homme politique. Il doit s'incliner devant les sentiments du pays, aussi dangereux et imprudents qu'ils lui paraissent.

— Ce fut votre dilemme, je pense. Des rumeurs avaient circulé à propos d'un accord que vous auriez conclu avec le pays en question. Il y a eu contre vous, de la part de la presse et de l'opinion publique, une véritable levée de boucliers. Heureusement, le Premier ministre a pu leur opposer un démenti formel, ce qui vous a permis de repousser les accusations, sans pour autant cacher où allaient vos sympathies.

— Tout ceci est exact, monsieur Poirot, mais pourquoi revenir sur le passé ?

— Parce qu'il n'est pas impossible qu'un de vos

ennemis, déçu de la manière dont vous avez surmonté cette crise, s'efforce de vous replonger dans l'embarras. Vous avez rapidement regagné la confiance de l'opinion publique, l'histoire a été oubliée et vous êtes maintenant, à juste titre, l'un des hommes politiques les plus populaires d'Angleterre. On parle de vous comme du Premier ministre qui succédera à Mr Hunberly.

— Vous pensez qu'on cherche à me discréditer ? C'est ridicule !

— Réfléchissez, lord Mayfield. Si l'on apprenait que les plans du nouveau bombardier anglais ont été volés au cours d'un week-end auquel une fort séduisante personne avait été conviée, cela ferait mauvais effet. Deux ou trois allusions dans la presse à la nature de vos relations avec la personne en question suffiraient à susciter un nouveau climat de méfiance à votre égard.

— Personne ne prendrait cela au sérieux.

— Mon cher lord Mayfield, vous savez très bien que si ! Il en faut si peu pour saper la confiance de l'opinion publique.

— Oui, c'est juste, reconnut lord Mayfield, soudain soucieux. Mon Dieu ! Cette affaire devient de plus en plus compliquée. Vous pensez réellement... mais c'est impossible... impossible.

— Vous ne connaissez personne qui soit... jaloux de vous ?

— Absurde !

— Vous reconnaîtrez toutefois que mes questions concernant vos relations personnelles avec les gens qui se trouvent sur les lieux n'étaient pas sans fondement.

— Peut-être... peut-être. Vous m'avez interrogé à propos de Julia Carrington. Il n'y a pas grand-chose à en dire. Elle ne m'a jamais beaucoup plu et je ne crois pas qu'elle s'intéresse à moi. Elle fait partie de ces femmes agitées et nerveuses, dépensières et qui vendraient leur âme pour une partie de cartes. Je la

110

crois assez vieux jeu pour détester en moi le self-made man.

— J'ai jeté un coup d'œil dans le *Who's Who* avant de venir. Vous avez dirigé une importante entreprise industrielle et vous êtes vous-même un ingénieur de haut niveau.

— En ce qui concerne le côté pratique, j'ignore en effet peu de choses. Je suis parti de rien.

— Seigneur Dieu ! s'écria Poirot. J'ai été stupide... mais d'un stupide !

Lord Mayfield écarquilla les yeux.

— Je vous demande pardon, monsieur Poirot ?

— Une partie du puzzle vient de se mettre en place. Il y a quelque chose que je n'avais pas vu jusque-là, mais tout s'emboîte. Oui, tout s'emboîte avec une merveilleuse précision.

Lord Mayfield le regarda d'un air interrogateur.

Mais, avec un léger sourire, Poirot secoua la tête.

— Non, non, pas maintenant. Je dois encore mettre mes idées au clair...

Il se leva.

— Bonne nuit, lord Mayfield. Je crois que je sais où se trouvent les plans.

La voix de lord Mayfield grimpa de plusieurs tons :

— Vous le savez ? Alors, allons les chercher tout de suite !

Poirot secoua la tête.

— Non, non, ce ne serait pas raisonnable. Toute précipitation pourrait être fatale. Faites confiance à Hercule Poirot.

Il sortit. Lord Mayfield haussa les épaules avec mépris.

— Ce type est un charlatan, marmonna-t-il.

Il rangea ses papiers, éteignit les lumières et se dirigea, lui aussi, vers son lit.

6

— S'il y a eu un cambriolage, pourquoi diable le vieux Mayfield n'appelle-t-il pas la police ? demanda Reggie Carrington.

Il écarta son siège de la table.

Il était descendu le dernier. Son hôte, Mrs Macatta et sir George avaient fini leur petit déjeuner depuis un certain temps. Sa mère et Mrs Vanderlyn prenaient le leur au lit.

En racontant l'histoire mise au point par lord Mayfield et Hercule Poirot, sir George avait le sentiment de s'y prendre moins bien qu'il n'aurait dû.

— Cela me paraît étrange d'avoir fait appel à un étranger aussi bizarre que lui, déclara Reggie. Qu'est-ce qu'on a volé, père ?

— Je ne sais pas au juste, mon garçon.

Reggie se leva. Il avait l'air plutôt nerveux, ce matin.

— Rien... d'important ? Pas de... papiers ? Rien dans ce goût-là ?

— Pour dire la vérité, Reggie, je ne peux pas en parler.

— Secret d'Etat, hein ? Je vois.

Reggie grimpa l'escalier, s'arrêta un instant à mi-course, les sourcils froncés, puis reprit son ascension et frappa à la porte de sa mère. Elle lui cria d'entrer.

Assise dans son lit, lady Julia griffonnait des chiffres au dos d'une enveloppe.

— Bonjour mon chéri.

Elle leva les yeux et s'inquiéta aussitôt :

— Reggie, qu'est-ce qui se passe ?

— Rien de grave. Mais il semble qu'il y ait eu un cambriolage la nuit dernière.

— Un cambriolage ? Qu'est-ce qu'on a pris ?

— Je ne sais pas. C'est ultra-secret. Il y a une

espèce de drôle de détective privé en bas qui pose des questions à tout le monde.

— C'est incroyable !

— C'est assez désagréable de se trouver là quand ce genre de choses se produit.

— Qu'est-ce qui est arrivé au juste ?

— Je n'en sais rien. Cela s'est passé après que nous sommes tous allés nous coucher. Attention, mère, vous allez renverser votre plateau.

Il rattrapa le plateau à temps et le déposa sur une table près de la fenêtre.

— On a volé de l'argent ?

— Je vous répète que je n'en sais rien.

— J'imagine que ce détective interroge tout le monde ?

— J'imagine aussi.

— Où étiez-vous la nuit dernière ? Ce genre de questions ?

— Probablement. Ma foi, je ne pourrai pas lui en dire lourd. Je suis allé directement au lit et je me suis endormi comme une souche.

Lady Julia ne répondit rien.

— A propos, mère, vous ne pourriez pas me dépanner, par hasard ? Je suis fauché comme les blés.

— Impossible, répliqua sa mère. J'ai moi-même un découvert effarant. Je ne sais pas ce que dira ton père lorsqu'il l'apprendra.

On frappa à la porte et sir George entra.

— Ah, tu es là, Reggie ! Peux-tu descendre dans la bibliothèque ? M. Poirot veut te voir.

Poirot venait juste de terminer l'interrogatoire de la redoutable Mrs Macatta.

Quelques brèves questions lui avaient permis de savoir que Mrs Macatta était montée se coucher peu avant 11 heures, qu'elle n'avait rien vu et rien entendu.

Poirot avait fait glisser la conversation du thème général du vol à des considérations plus person-nelles. Il professait une vive admiration pour lord Mayfield. Citoyen de dernière zone, il sentait bien que lord Mayfield était un grand homme. Evidemment, Mrs Macatta qui était dans le secret des dieux devait avoir plus de moyens que lui de s'en faire une idée précise.

— Lord Mayfield est intelligent, avait concédé Mrs Macatta, et il a bâti sa carrière à la force du poignet. Il ne doit rien à des privilèges héréditaires. Il lui manque peut-être une vision de l'avenir. En quoi, hélas ! tous les hommes se ressemblent, à mon avis. Ils n'ont pas l'ampleur d'imagination des femmes. D'ici dix ans, monsieur Poirot, la Femme sera le moteur principal du gouvernement.

Poirot avait déclaré qu'il en était convaincu.

Il était passé de là au cas de Mrs Vanderlyn. Etait-il vrai, comme il l'avait entendu dire, que lord Mayfield et elle étaient intimes ?

— Pas le moins du monde. Je vous avouerai même avoir été très surprise de la rencontrer ici. Vraiment très surprise.

Poirot avait demandé à Mrs Macatta son opinion sur Mrs Vanderlyn — et l'avait obtenue :

— Une de ces femmes absolument *inutiles*, monsieur Poirot. De celles qui vous font désespérer de votre propre sexe ! Un parasite, ni plus ni moins qu'un parasite.

— Les hommes l'admirent, non ?

— Les hommes ! s'était écriée Mrs Macatta avec mépris. Les hommes se laissent toujours avoir par ces signes extérieurs de beauté. Ce garçon, le jeune Reggie Carrington, rougit dès qu'elle lui adresse la parole ; il se sent stupidement flatté qu'elle ait daigné le remarquer. Et cette façon ridicule qu'elle a de le flatter, elle aussi. Elle le félicite pour son bridge... où il est pourtant loin de se montrer brillant.

— Il ne joue pas bien ?

— Il a fait toutes sortes d'erreurs, hier soir.

— Et lady Julia, elle joue bien ?

— Beaucoup trop bien, à mon avis. Elle en fait

presque une profession. Elle joue matin, midi, et soir.

— Pour des enjeux élevés ?

— Oui, beaucoup plus élevés que je ne me le permettrais. En vérité, je trouve que ce n'est pas bien.

— Elle se fait beaucoup d'argent au jeu ?

Mrs Macatta émit un grognement sonore et vertueux.

— Elle compte là-dessus pour payer ses dettes. Mais, d'après ce qu'on raconte, elle a dernièrement traversé une mauvaise passe. Elle avait l'air préoccupée, hier soir. Le démon du jeu, monsieur Poirot, vous entraîne à peine moins loin que le démon de la boisson. Si on m'écoutait, ce pays serait purifié...

Poirot avait été contraint de prêter l'oreille à un long monologue sur la purification de la morale anglaise. A la suite de quoi il avait habilement mis un terme à la conversation et fait appeler Reggie Carrington.

— Mr Reggie Carrington ?

— Oui. En quoi puis-je vous être utile ?

— Racontez-moi tout ce que vous pouvez sur ce qui s'est passé hier soir.

— Laissez-moi réfléchir... Nous avons joué au bridge — dans le salon. Après ça, je suis monté me coucher.

— Quelle heure était-il ?

— Presque 11 heures. J'imagine que le cambriolage a eu lieu après ?

— Après, en effet. Vous n'avez rien vu ni rien entendu ?

Reggie secoua la tête.

— Je regrette. Je suis allé droit au lit et je n'ai pas le sommeil léger.

— Vous êtes allé directement du salon dans votre chambre et vous y êtes resté jusqu'au lendemain matin ?

— C'est bien ça.

— Curieux, dit Poirot.

Reggie se rebiffa :

— Qu'entendez-vous par curieux ?

— Vous n'avez pas entendu un cri, par exemple ?

— Non.

— Tiens ! Très curieux.

— Ecoutez, je ne vois pas ce que vous voulez dire.

— Vous êtes peut-être un peu dur d'oreille ?

— Absolument pas.

Les lèvres de Poirot remuèrent. Peut-être répétait-il le mot « curieux » pour la troisième fois.

— Bon, eh bien merci, Mr Carrington, ce sera tout.

Reggie se leva et s'arrêta, indécis.

— Vous savez, dit-il, maintenant que vous m'y faites penser, je crois bien avoir entendu quelque chose dans ce goût-là.

— Ah, vous avez entendu quelque chose ?

— Oui, mais j'étais en train de lire, vous voyez — un roman policier, en fait — et je... eh bien, je n'ai pas saisi de quoi il retournait.

— Ah ! fit Poirot. C'est une explication très satisfaisante.

Son visage était dénué d'expression.

Toujours hésitant, Reggie se dirigea lentement vers la porte. Soudain il s'arrêta pour demander :

— Au fait, qu'est-ce qui a été volé ?

— Une chose de grande valeur, Mr Carrington. C'est tout ce que je suis autorisé à vous dire.

— Ah ! fit Reggie d'une voix neutre.

Il sortit.

Poirot hocha la tête.

— Ça s'emboîte, murmura-t-il. Ça s'emboîte à merveille.

Il sonna et demanda avec infiniment de courtoisie si Mrs Vanderlyn était enfin levée.

7

Très élégante, Mrs Vanderlyn fit une entrée remarquée. Elle portait un costume de sport fauve de belle coupe qui mettait en valeur les chauds reflets de sa chevelure. Elle choisit un fauteuil et adressa un sourire éblouissant au petit homme assis en face d'elle.

Un instant, quelque chose perça dans son sourire. Triomphe ? Moquerie ? Cela s'effaça aussitôt, mais n'en avait pas moins été là. Poirot le nota avec intérêt.

— Des cambrioleurs ? La nuit dernière ? Quelle horreur ! Mais non, je n'ai rigoureusement rien entendu. Et la police ? Ils ne peuvent pas faire quelque chose ?

Un court instant, elle eut de nouveau l'œil moqueur.

« Il est clair que la police ne vous fait pas peur, chère petite madame, se dit Poirot. Vous savez très bien qu'ils ne sont pas près de l'appeler. »

De là, il s'ensuivait que... quoi ?

— Vous devez bien vous rendre compte, madame, se contenta de dire sobrement Poirot, que c'est une affaire qui exige le maximum de discrétion.

— Mais, bien sûr, monsieur... Poirot, c'est bien ça ? Je n'aurais pas l'idée d'en souffler mot. J'ai trop d'admiration pour lord Mayfield pour vouloir lui causer le moindre souci.

Elle croisa les jambes. Une mule de cuir fauve dansa au bout de son pied gainé de soie.

Elle sourit, d'un sourire chaleureux, irrésistible, qui respirait le bien-être et la satisfaction de soi.

— Dites-moi ce que je peux faire.

— Merci, madame. Vous avez joué au bridge dans le salon, hier soir ?

— Oui.

— J'ai cru comprendre que toutes les dames étaient ensuite montées se coucher ?

— C'est exact.

— Mais l'une d'elles est revenue chercher un livre. C'était bien vous, non, Mrs Vanderlyn ?

— J'ai été la première à redescendre... oui.

— Qu'entendez-vous par la première ? demanda vivement Poirot.

— J'étais remontée aussitôt, expliqua Mrs Vanderlyn. A la suite de quoi, j'avais sonné ma femme de chambre. Comme elle tardait, j'ai resonné. Puis je suis sortie sur le palier. J'ai entendu sa voix et je l'ai appelée. Après qu'elle m'eut peignée, je l'ai renvoyée. Elle était nerveuse, elle n'était pas dans son assiette, et elle m'a plusieurs fois pris les cheveux dans la brosse. Juste après son départ, j'ai vu lady Julia monter l'escalier. Elle m'a dit qu'elle était descendue chercher un livre, elle aussi. Curieux, n'est-ce pas ?

Mrs Vanderlyn avait achevé sa phrase par un large sourire, plutôt félin. Hercule Poirot en conclut qu'elle ne devait pas porter lady Julia dans son cœur.

— Curieux, madame, je vous l'accorde. Dites-moi, avez-vous entendu votre femme de chambre crier ?

— Ma foi, oui. J'ai entendu, en effet, quelque chose de ce genre.

— Vous lui avez demandé des explications ?

— Oui. Et elle m'a raconté qu'elle avait vu flotter une silhouette blanche... C'est grotesque, non ?

— Que portait lady Julia la nuit dernière ?

— Oh, vous pensez que peut-être... Oui, je vois. Eh bien, elle portait une robe du soir blanche. Bien sûr, cela explique tout. Elle a dû l'apercevoir... dans la pénombre et la prendre pour un fantôme. Ces filles sont tellement superstitieuses !

— Il y a longtemps que vous avez cette femme de chambre, madame ?

— Oh, absolument pas. Cinq mois environ.

— J'aimerais la voir, si vous n'y voyez pas d'inconvénient, madame.

Mrs Vanderlyn haussa les sourcils.

— Mais certainement, répondit-elle non sans froideur.

— J'aimerais assez, voyez-vous, lui poser quelques questions.

— Mais bien sûr.

Elle avait à nouveau cette lueur d'amusement dans le regard. Poirot se leva et s'inclina :

— Vous avez toute mon admiration, madame.

Pour une fois, Mrs Vanderlyn fut un peu déconcertée.

— Oh, monsieur Poirot, c'est trop aimable à vous, mais pourquoi ?

— Vous êtes, madame, si parfaitement cuirassée, tellement sûre de vous !

Mrs Vanderlyn eut un rire un peu incertain.

— Dois-je prendre cela pour un compliment ? Je me le demande...

— C'est, peut-être, une mise en garde... contre une propension à traiter la vie avec arrogance.

Mrs Vanderlyn rit avec un peu plus d'assurance. Elle se leva et lui tendit la main.

— Cher monsieur Poirot, je vous souhaite un plein succès. Merci pour toutes les amabilités que vous m'avez dites.

Elle s'en fut.

« Vous me souhaitez un plein succès, n'est-ce pas ? marmonna Poirot en aparté. Mais c'est parce que vous êtes bien persuadée que ce succès, je ne l'obtiendrai pas. Oui, vous en êtes vraiment bien persuadée ! Et ça, voyez-vous, ça me déplaît souverainement. »

Il sonna et demanda avec humeur qu'on lui envoie mademoiselle Léonie.

Il la détailla dès qu'elle parut sur le seuil, hésitante, très sainte-nitouche dans sa petite robe noire, le cheveu coiffé en deux vagues sombres et la paupière modestement baissée. Et il hocha lentement la tête, comme pour marquer son approbation.

— Entrez, mademoiselle Léonie, n'ayez pas peur.

Elle entra et resta bien sagement debout devant lui.

— Savez-vous, mademoiselle, déclara Poirot en changeant soudain de ton, que je vous trouve très jolie.

Léonie réagit aussitôt. Elle lui jeta un coup d'œil en coin et murmura :

— Monsieur est très aimable.

— Rendez-vous compte que j'ai demandé à Mr Carlile si vous étiez jolie ou pas et qu'il m'a répondu qu'il n'en savait rien !

Léonie leva le menton d'un air de dédain.

— Ce grand cornichon ?

— L'expression le décrit assez bien.

— Il n'a jamais dû regarder une fille de sa vie.

— Probablement pas. Dommage. Il ne sait pas ce qu'il perd. Mais il y en a d'autres, dans cette maison, qui sont plus sensibles à vos charmes, si je ne m'abuse.

— Je ne comprends pas ce que Monsieur veut dire.

— Oh, si, mademoiselle Léonie, vous comprenez très bien. C'est ingénieux, cette histoire que vous avez racontée, hier soir, à propos du fantôme que vous auriez vu. Dès que j'ai su que vous vous teniez là, les mains sur la tête, j'ai compris qu'il n'y avait jamais eu de fantôme. Quand une fille a peur, elle porte les mains à son cœur, ou encore à sa bouche pour étouffer un cri, mais si ses mains sont sur ses cheveux, cela signifie tout autre chose. *Cela signifie qu'elle a les cheveux ébouriffés et qu'elle s'efforce à la hâte de les remettre en place*. A présent, mademoiselle, dites-moi la vérité. Pourquoi avez-vous crié ?

— Mais monsieur, c'est pourtant vrai, j'ai aperçu une longue silhouette tout en blanc...

— Mademoiselle, ne faites pas insulte à mon intelligence. Cette histoire est peut-être assez bonne pour Mr Carlile, mais pas pour Hercule Poirot. La vérité, c'est qu'on venait de vous embrasser, n'est-ce pas ? Et je suis prêt à parier que c'est Mr Reggie Carrington qui vous avait serrée dans un coin.

Nullement décontenancée, Léonie le fixa d'un œil brillant.

— Après tout, qu'est-ce que c'est qu'un baiser ?

— Qu'est-ce, en effet, repartit Poirot avec galanterie.

— Vous comprenez, le jeune monsieur est arrivé derrière moi et m'a attrapée par la taille... alors, bien sûr, j'ai été surprise et j'ai crié. Si j'avais su... Je n'aurais pas crié, ça va de soi.

— Ça va de soi, acquiesça Poirot.

— Mais il s'était approché à pas de loup. Sur quoi la porte du bureau s'ouvre et voilà-t-il pas que « monsieur le secrétaire » en sort. Le temps que le jeune monsieur file au premier, moi, je suis restée là comme une idiote. Naturellement, il fallait que je dise quelque chose... surtout à... (elle poursuivit en français) *un garçon comme ça, tellement collet monté !*

— Alors vous avez inventé un fantôme ?

— Oui, monsieur, c'est tout ce qui m'est venu à l'idée. Une longue silhouette tout en blanc qui flottait à cinquante centimètres du sol. C'est ridicule, mais que pouvais-je faire ?

— Rien. Maintenant, tout s'explique. Je le soupçonnais d'ailleurs depuis le début.

Léonie lui jeta un regard aguichant :

— Monsieur est très malin... et très sympathique.

— Et puisque je n'ai pas l'intention de vous créer des ennuis avec cette histoire, ferez-vous quelque chose pour moi en retour ?

— Bien volontiers, monsieur.

— Que savez-vous des affaires de votre maîtresse ?

Léonie haussa les épaules.

— Pas grand-chose, monsieur. Bien sûr, j'ai mes idées.

— Et ces idées ?

— Eh bien, il ne m'a pas échappé que les amis de Madame sont toujours des soldats, des aviateurs ou des marins. Sans compter les autres — des messieurs étrangers qui viennent la voir très discrètement, parfois. Madame est très belle, mais je ne pense pas qu'elle le restera encore bien longtemps. Les jeunes gens la trouvent très séduisante. Quelquefois, j'ai comme l'impression qu'ils en disent trop. Mais c'est seulement mon idée, ça. Madame ne me raconte pas ses affaires.

— Vous essayez de me faire comprendre que Madame agit en solitaire ?

— C'est cela, monsieur.

— En d'autres termes, vous ne pouvez pas m'aider ?

— J'ai peur que non, monsieur. Si je pouvais, je le ferais.

— Dites-moi, votre maîtresse est de bonne humeur, aujourd'hui.

— De *très* bonne humeur, monsieur.

— Il est arrivé quelque chose qui lui a fait plaisir ?

— Depuis qu'elle est ici, elle voit la vie en rose.

— Si c'est vous qui le dites...

— Oui, monsieur, fit Léonie sur le ton de la confidence. Je ne peux pas me tromper. Je les connais, les humeurs de Madame. Elle nage en pleine euphorie.

— Avec un côté triomphant, peut-être bien ?

— C'est le mot, monsieur.

Poirot hocha tristement la tête.

— Je trouve ça... un peu difficile à supporter. Mais je vois bien que c'est inévitable. Merci, mademoiselle, ce sera tout.

Léonie lui lança un regard coquin.

— Merci, monsieur. Si je rencontre Monsieur dans l'escalier, je peux l'assurer que je n'appellerai pas au secours.

— Mon enfant ! se récria Poirot avec dignité. Ces bagatelles ne sont plus de mon âge.

Mais Léonie s'autorisa un petit rire taquin avant de se retirer.

Poirot arpenta lentement la pièce en tous sens. Il avait la mine grave et inquiète.

— A présent, marmonna-t-il enfin, lady Julia. Je me demande bien ce qu'elle va me raconter.

Lady Julia entra avec une assurance tranquille. Elle inclina la tête d'un mouvement gracieux et prit le fauteuil que Poirot lui avançait.

— Lord Mayfield dit que vous désirez me poser quelques questions, déclara-t-elle d'une voix posée qui dénotait la bonne éducation.

— Oui, madame. A propos d'hier soir.

— D'hier soir ?

— Que s'est-il passé après le bridge ?

— Mon mari a trouvé qu'il était trop tard pour commencer une autre partie. Je suis montée me coucher.

— Et ensuite ?

— Je me suis endormie.

— C'est tout ?

— Oui. Je n'ai rien, hélas ! de plus intéressant à vous raconter. Quand ce... (elle hésita) cambriolage a-t-il eu lieu ?

— Peu après que vous êtes montée dans votre chambre.

— Je vois. Et qu'a-t-on pris au juste ?

— Des papiers personnels, madame.

— Des papiers importants ?

— Très importants.

Elle fronça un peu les sourcils.

— Ils avaient... de la valeur ?

— Oui, madame, ils représentent beaucoup d'argent.

— Je vois.

Il y eut un silence. Puis Poirot demanda :

— Et votre livre, madame ?

— Mon livre ?

Elle leva vers lui un regard stupéfait.

— Oui, selon Mrs Vanderlyn, après que les dames se sont retirées toutes les trois, vous seriez redescendue chercher un livre.

— Oui, bien sûr, c'est exact.

— Donc — et ceci afin d'être bien clair — vous

n'êtes pas allée droit au lit après être montée. Vous êtes redescendue au salon ?

— Oui, c'est vrai. J'avais oublié.

— Pendant que vous étiez dans le salon, avez-vous entendu quelqu'un crier ?

— Non... oui... Je ne crois pas.

— Mais si, madame. Si vous étiez dans le salon, vous ne pouviez pas ne pas l'entendre !

Lady Julia rejeta la tête en arrière.

— Je n'ai rien entendu, décréta-t-elle fermement.

Poirot haussa les sourcils mais ne répliqua pas.

Le silence se fit pesant. Lady Julia demanda tout à trac :

— Que fait-on ?

— Ce que l'on fait ? Je ne vous comprends pas, madame.

— Je veux dire, à propos de ce cambriolage ? La police fait sûrement quelque chose.

Poirot secoua la tête.

— On n'a pas fait appel à la police, madame. C'est moi qui suis chargé de l'affaire.

La mine de plus en plus tendue, elle posa sur lui un regard inquiet. Ses yeux noirs et scrutateurs cherchaient à percer l'impassibilité de Poirot.

Elle finit par les fermer, vaincue.

— Vous ne pouvez pas me dire quelles sont les mesures prises ?

— Je peux seulement vous assurer, madame, que je retournerai chaque pierre, que je ne « laisserai nulle place où la main ne passe et repasse »...

— Pour attraper le voleur... ou pour retrouver ces papiers ?

— Le principal c'est de retrouver les papiers, madame.

Elle changea d'attitude. Se fit lasse, indifférente.

— C'est sans doute la meilleure solution.

Il y eut encore un silence.

— Autre chose, monsieur Poirot ?

— Non, madame. Je ne vous retiendrai pas plus longtemps.

— Merci.

Il lui ouvrit la porte. Et elle sortit, sans un regard pour lui. Poirot retourna près de la cheminée et se mit à régler avec soin l'ordonnance des bibelots qui se trouvaient sur le manteau. Lord Mayfield entra par la porte-fenêtre alors qu'il y était encore occupé.

— Alors ? s'enquit-il.

— Tout se passe au mieux. Les péripéties s'imbriquent comme il convient.

Lord Mayfield le regarda avec attention.

— Alors vous êtes content ?

— Non, je ne suis pas content. Mais je suis satisfait.

— Vraiment, monsieur Poirot, j'ai du mal à vous comprendre.

— C'est que je ne suis pas le charlatan que vous imaginiez.

— Je n'ai jamais dit...

— Non, mais vous l'avez pensé ! Peu importe. Je n'en ressens nulle offense. S'il m'arrive parfois d'adopter certaines poses, c'est que j'y suis contraint.

Lord Mayfield lui coula un regard sceptique d'où la méfiance n'était pas exclue. Il ne comprenait pas Hercule Poirot. Il aurait voulu le traiter par le mépris, mais quelque chose lui disait que ce petit bonhomme ridicule n'était pas aussi ridicule qu'il le paraissait. Charles McLaughlin avait toujours su détecter la compétence.

— Bah ! fit-il, nous sommes entre vos mains. Quelles sont vos prochaines directives ?

— Pourriez-vous vous débarrasser de vos invités ?

— Il doit y avoir moyen d'y parvenir... Je peux leur expliquer que cette affaire m'oblige à me rendre à Londres. Ils proposeront sans doute de partir.

— Très bien. Essayez d'arranger ça.

Lord Mayfield hésita :

— Vous ne croyez pas que...

— Je suis certain que c'est la meilleure ligne de conduite à adopter.

Lord Mayfield haussa les épaules.

— Bon, si c'est vous qui le dites.

Sur quoi il sortit.

8

Les invités partirent après le déjeuner. Mrs Vanderlyn et Mrs Macatta devaient prendre le train. Les Carrington avaient leur voiture. Poirot se trouvait dans le hall quand Mrs Vanderlyn fit à leur hôte des adieux touchants.

— Cela me désole de vous voir aux prises avec de tels ennuis. J'espère que tout s'arrangera au mieux. Je serai muette comme la tombe.

Elle lui étreignit la main et sortit pour monter dans la Rolls qui devait la conduire à la gare. Mrs Macatta y était déjà installée. Ses adieux avaient été froids et brefs.

Soudain, Léonie, qui était assise à côté du chauffeur, retourna en courant dans le hall.

— Le nécessaire de Madame n'est pas dans la voiture ! s'écria-t-elle.

On se dépêcha de le chercher. Lord Mayfield finit par le découvrir au pied d'un vieux coffre de chêne. Léonie poussa un petit cri de joie, attrapa l'élégante mallette de maroquin vert et sortit précipitamment.

Mrs Vanderlyn se pencha par la portière.

— Lord Mayfield ! Lord Mayfield ! (Elle lui tendit une lettre.) Seriez-vous assez aimable pour mettre ça avec votre courrier ? Si je la garde pour la poster en ville, je suis sûre de l'oublier. Mes lettres traînent dans mon sac pendant des éternités.

Sir George Carrington jouait avec sa montre. Il l'ouvrait et la fermait. C'était un maniaque de la ponctualité.

— Il leur reste très peu de temps, murmura-t-il. Très peu. Si elles n'y prennent garde, elles vont rater le train.

— Oh ! ne faites pas tant d'histoires, George, répliqua sa femme, exaspérée. Après tout, c'est leur train, pas le nôtre !

Il lui jeta un regard réprobateur.

La Rolls démarra.

Reggie gara la Morris des Carrington devant le perron.

— Tout est prêt, père, dit-il.

Les domestiques apportèrent les bagages des Carrington. Reggie supervisa leur installation dans le spider.

Poirot sortit sur le seuil pour observer les préparatifs.

Soudain, il sentit une main sur son bras. Très agitée, lady Julia lui chuchota à l'oreille :

— Monsieur Poirot, il faut que je vous parle... tout de suite.

Sa main se fit plus insistante et il céda. Elle l'entraîna dans un petit salon et ferma la porte. Elle s'approcha tout près de lui.

— Est-ce vrai, ce que vous avez dit ? Que ce qui importe le plus à lord Mayfield c'est de retrouver les papiers ?

Poirot la dévisagea avec curiosité.

— C'est tout ce qu'il y a de plus vrai, madame.

— Si... si on vous rendait ces papiers, vous engageriez-vous à ce qu'ils soient remis à lord Mayfield sans qu'il soit réclamé d'explications ?

— Je ne suis pas sûr de bien vous comprendre.

— Vous devez me comprendre ! Je suis certaine que vous me comprenez. Je suggère que... que le voleur restera anonyme si les papiers sont rendus.

— Dans combien de temps cette restitution aurait-elle lieu, madame ?

— Dans les douze heures. Sans faute.

— Vous pouvez le promettre ?

— Je peux le promettre.

Comme il ne répondait pas, elle répéta d'une voix pressante :

— Pouvez-vous me garantir qu'il ne sera fait aucun battage publicitaire ?

Poirot répondit alors, très gravement.

— Oui, madame, ça, je peux vous le garantir.

— Alors, on peut tout arranger.

Elle sortit du salon en coup de vent. Un instant plus tard, Poirot entendait la voiture démarrer.

Il enfila le corridor qui menait au bureau. Lord Mayfield s'y trouvait. Il leva les yeux en entendant Poirot entrer.

— Alors ? demanda-t-il.

Poirot écarta les bras.

— L'affaire est close, lord Mayfield.

— Quoi ?

Poirot lui répéta mot pour mot sa conversation avec lady Julia.

Lord Mayfield le regarda avec stupéfaction.

— Qu'est-ce que cela signifie ? Je ne comprends pas.

— C'est très clair, non ? Lady Julia sait qui a volé les plans.

— Vous ne voulez pas dire que c'est elle qui les a pris ?

— Certainement pas. Lady Julia est peut-être une joueuse. Ce n'est pas une voleuse. Mais si elle propose de rendre les plans, cela signifie qu'ils ont été volés par son mari ou par son fils. Sir George était avec vous sur la terrasse. Reste donc le fils. Je crois pouvoir reconstruire assez exactement les événements de la nuit dernière. Lady Julia entre dans la chambre de son fils et découvre qu'elle est vide. Elle descend à sa recherche mais ne le trouve pas. Ce matin, elle entend parler du vol, et elle entend aussi son fils déclarer qu'il est monté droit dans sa chambre *et qu'il n'en est plus sorti*. Ça, elle sait que c'est faux. Et elle sait encore autre chose à propos de son fils. Elle sait qu'il est faible et qu'il a désespérément besoin d'argent. Elle a remarqué qu'il s'est entiché de Mrs Vanderlyn. Tout lui semble clair. Mrs Vanderlyn a persuadé Reggie de voler les plans. Mais lady Julia est décidée aussi à jouer sa partie. Elle va dire deux mots à son fils, récupérer les plans et les rendre.

— Mais tout ça ne tient pas debout ! C'est impossible ! s'écria lord Mayfield.

— Bien sûr que c'est impossible, mais lady Julia n'en sait rien. Elle ne sait pas comme moi, Hercule Poirot, que le jeune Reggie Carrington n'était pas occupé à voler des papiers hier soir, mais qu'il était en train de flirter avec la femme de chambre de Mrs Vanderlyn.

— Toute cette histoire n'est qu'un sac d'embrouilles !

— Tout juste.

— Alors l'affaire n'est pas réglée du tout !

— Mais si, elle est réglée. *Moi, Hercule Poirot, je connais la vérité.* Vous ne me croyez pas ? Vous ne m'avez pas cru, hier, lorsque je vous ai dit que je savais où se trouvaient les plans. Et pourtant je le savais bel et bien. Ils étaient à portée de la main.

— Où ça ?

— Dans votre poche, monsieur.

Il y eut un silence. Puis lord Mayfield demanda :

— Est-ce que vous vous rendez compte de ce que vous êtes en train de dire, monsieur Poirot ?

— Oh oui, je le sais fort bien. Je sais que je m'adresse à un homme très intelligent. Dès le début, j'ai été troublé par le fait que, myope comme vous avez reconnu l'être, vous puissiez être aussi certain d'avoir vu cette silhouette passer par la fenêtre. Vous vouliez que cette explication — si commode — soit adoptée. Pourquoi ? Plus tard, un par un, j'ai éliminé tous les suspects possibles. Mrs Vanderlyn était en haut, sir George était avec vous sur la terrasse, Reggie Carrington avec la petite Française dans l'escalier, Mrs Macatta sans conteste dans sa chambre — ladite chambre est contiguë à celle du gardien et Mrs Macatta ronfle ! Lady Julia croyait de toute évidence à la culpabilité de son fils. Restaient deux possibilités. Ou Carlile n'avait pas mis les plans sur le bureau mais dans sa poche — ce qui n'est guère plausible puisque, comme vous l'avez souligné, il aurait pu en faire une copie —, ou alors... ou alors les plans étaient à leur place quand vous vous êtes approché du bureau, et le seul endroit où ils avaient pu disparaître, c'était dans *votre* poche. Auquel cas, tout était clair : votre insistance à prétendre avoir aperçu une silhouette, votre insistance à vouloir innocenter Carlile, votre répugnance à faire appel à mes services.

» Une seule chose m'intriguait : le mobile. Vous êtes — j'en suis convaincu — un homme honnête et intègre. Votre souci de ne pas laisser accuser un innocent le montre assez. Il était non moins évident que le vol des plans pouvait nuire à votre carrière. Alors, pourquoi ce vol complètement déraisonnable ? La réponse a fini par me venir. A l'époque où vous avez traversé cette crise, il y a quelques années, le Premier ministre avait assuré publiquement que vous n'aviez pas négocié avec cette puissance étrangère. Supposons que ce ne soit pas tout à fait exact, qu'il reste des traces de cette négociation — une lettre, peut-être — prouvant qu'en réalité, vous aviez fait ce que vous aviez publiquement démenti. Ce démenti était politiquement nécessaire, mais il est douteux que l'homme de la rue voie ça du même œil. Cela pourrait signifier qu'au moment où le pouvoir suprême allait vous être confié, un écho de ce passé pouvait venir tout détruire.

» Je suppose que cette lettre était restée dans les mains d'un certain gouvernement, et que ce gouvernement vous a proposé un marché : la lettre en échange des plans du nouveau bombardier. Il y en a qui auraient refusé. Vous, non ! Vous avez accepté. Mrs Vanderlyn devait servir d'intermédiaire. Elle était ici pour effectuer l'échange. Vous vous êtes trahi en reconnaissant que vous n'aviez aucun plan bien arrêté pour la prendre au piège. Cet aveu ôtait beaucoup de poids à la raison pour laquelle vous l'aviez soi-disant invitée.

» Vous avez organisé le cambriolage. Histoire d'écarter tout soupçon de Carlile, vous avez prétendu avoir vu le voleur sur la terrasse. Même s'il n'avait pas quitté la pièce, le bureau est si près de la fenêtre qu'un voleur aurait pu s'emparer des plans pendant que Carlile, le dos tourné, cherchait des papiers dans le coffre. Vous vous êtes approché du bureau, vous avez pris les plans et vous les avez gardés sur vous jusqu'au moment où, comme vous en étiez convenu, vous les avez glissés dans le nécessaire de toilette de Mrs Vanderlyn. En échange, elle vous a remis la lettre fatale déguisée en lettre à poster.

Poirot s'arrêta.

— Vous savez vraiment tout, monsieur Poirot. Vous devez penser que je suis le pire des salopards.

Poirot fit un petit geste.

— Non, non, lord Mayfield. Je pense, comme je vous l'ai dit, que vous êtes très intelligent. Cela m'est apparu soudain en parlant avec vous, la nuit dernière. Vous êtes un ingénieur de premier ordre. Je suis persuadé que les caractéristiques du bombardier ont subi quelques subtiles modifications. Des modifications introduites avec tant d'ingéniosité qu'il sera difficile de comprendre pourquoi cet appareil n'est pas aussi réussi que prévu. Une certaine puissance étrangère pensera que ce modèle est un échec. Ce sera une grande déception pour elle, j'en suis sûr.

Il y eut un nouveau silence...

— Vous êtes beaucoup trop clairvoyant, monsieur Poirot, dit enfin lord Mayfield. Je vous demande seulement de croire ceci : j'ai foi en moi-même. Je suis convaincu que je suis l'homme dont l'Angleterre a besoin pour traverser la crise que je vois venir. Si je n'étais pas sincèrement convaincu que mon pays a besoin de moi pour tenir la barre du navire de l'Etat, je n'aurais jamais fait ce que j'ai fait — concilier le salut de mon âme avec l'intérêt immédiat... et utiliser un habile subterfuge pour éviter d'aller à ma perte.

— Si vous ne saviez pas concilier le salut de votre âme avec l'intérêt immédiat, vous ne seriez pas un homme d'Etat, lord Mayfield.

LE MIROIR DU MORT
(Dead Man's Mirror)

1

L'appartement était moderne. L'ameublement aussi. Les fauteuils étaient carrés, les chaises anguleuses. Un bureau moderne était installé juste en face de la fenêtre, et un petit homme d'un certain âge y trônait. Son crâne était sans doute la seule chose, dans cette pièce, qui ne fût pas carrée. Il était ovoïde.

M. Hercule Poirot lisait une lettre :

> *Gare : Whimperley*
> *Bureau de poste :*
>   *Hamborough St. John*
>
> *Hamborough Close,*
> *Hamborough St. Mary*
>   *Westshire.*
> *Le 24 septembre 1936*

A Monsieur Hercule Poirot.
   Cher monsieur
Un problème vient de surgir qui demande à être traité avec tact et discrétion. J'ai entendu dire de vous le plus grand bien et j'ai décidé de vous confier cette affaire. J'ai tout lieu de penser que je suis victime d'une escroquerie, mais pour des raisons familiales, je ne souhaite pas faire appel à la police. Je prends de mon côté des mesures, mais si vous recevez un télé-

gramme, soyez prêt à venir sur-le-champ. Je vous saurais gré de ne pas répondre à cette lettre.

Sincèrement à vous,
Gervase Chevenix-Gore

Les sourcils de M. Hercule Poirot remontèrent lentement sur son front jusqu'à ne plus guère faire qu'un avec ses cheveux.

« Mais qui donc peut bien être ce Gervase Chevenix-Gore ? » demanda-t-il à l'univers dans son entier.

Il alla prendre un épais volume dans sa bibliothèque.

Il trouva facilement ce qu'il cherchait.

Chevenix-Gore, sir Gervase Francis Xavier, 10e Baronnet, (fait 1694) ; ex-capitaine des 17e Lanciers ; né le 18 mai 1878 ; fils aîné de sir Guy Chevenix-Gore, 9e Baronnet, et de lady Claudia Bretherton, seconde fille du 8e comte de Wallingford. Succède à son père en 1911. Marié (1912) à Vanda Elizabeth, fille aînée du colonel Frederick Arbuthnot. Etudes à Eton. Participe à la Première Guerre mondiale, 1914-18. Distractions : chasse au gros, voyages. Adresse : Hamborough St. Mary, Westshire et 218 Lowndes Square, S.W.1. Clubs : Cavalry. Travellers.

Poirot secoua la tête, vaguement mécontent. Il resta perdu un instant dans ses pensées, puis retourna à son bureau et sortit d'un tiroir une pile de cartons d'invitation.

Son visage s'éclaira.

— A la bonne heure ! Exactement ce qu'il me faut ! Il y sera sûrement.

Une duchesse accueillit Poirot avec effusion.

— Alors, vous vous êtes quand même arrangé pour venir, monsieur Poirot ! C'est merveilleux !

— Tout le plaisir est pour moi, madame, répondit Poirot en s'inclinant.

Il évita diverses créatures aussi brillantes qu'importantes — un diplomate célèbre, une non moins célèbre actrice et un pair, homme de cheval bien connu — et trouva enfin celui qu'il cherchait, l'inévitable « était aussi présent » : Mr Satterthwaite.

Mr Satterthwaite jacassait, toujours affable :

— Cette chère duchesse... J'adore ses réceptions... C'est un tel per-son-na-ge, si vous comprenez ce que je veux dire. Je l'ai beaucoup vue en Corse, il y a quelques années...

Le discours de Mr Satterthwaite avait la fâcheuse tendance de se charger à l'excès d'allusions à des relations titrées. Il n'était pas *impossible* qu'il eût parfois goûté la compagnie de quelconques Jones, Brown ou Robinson, mais le moins qu'on pût dire est qu'il n'en faisait guère état. Il aurait pourtant été injuste de ne voir en lui qu'un snob. C'était un observateur perspicace de la nature humaine et s'il est vrai que le spectateur comprend presque tout du jeu, Mr Satterthwaite devait en savoir long.

— Savez-vous, mon très cher, que cela fait des siècles que nous ne nous étions pas rencontrés ! J'ai toujours considéré comme un privilège d'avoir pu vous voir à l'œuvre dans l'affaire du *Nid de Corneilles*. Depuis, j'ai un peu l'impression d'être une sorte d'initié. A propos, j'ai rencontré lady Mary la semaine dernière. Quelle créature exquise... lavande et fleurs séchées !

Après avoir prêté une oreille distraite au récit d'un ou deux scandales du moment — les imprudences d'une fille de duc, et l'inconduite d'un vicomte — Poirot réussit à glisser le nom de Gervase Chevenix-Gore.

La réaction de Mr Satterthwaite fut immédiate.

— Ah ! ça c'est un personnage ou je ne m'y connais pas ! Le Dernier des Baronnets... c'est son surnom.

— Pardon, je ne suis pas sûr de comprendre.

Avec indulgence, Mr Satterthwaite daigna descendre au niveau de compréhension d'un étranger.

— C'est une plaisanterie, vous savez... une plai-san-te-rie. Bien sûr, il n'est pas *vraiment* le dernier baronnet d'Angleterre, mais il représente bel et bien la fin d'une époque. Le Brave Bandit de Baronnet — le baronnet redresseur de torts et cerveau brûlé si cher aux romanciers du siècle dernier, le genre de type qui tente des paris impossibles... et qui les gagne.

Il explicita ce qu'il voulait dire au juste. Dans son jeune temps, Gervase Chevenix-Gore avait navigué autour du monde à la barre d'un trois-mâts. Il avait participé à une expédition au pôle Nord. Il avait provoqué un pair en duel. A l'occasion d'un pari, il avait gravi l'escalier d'une maison ducale, en selle sur sa jument favorite. Un jour, au théâtre, il avait bondi de sa loge sur la scène et enlevé une tragédienne célèbre au milieu de sa plus belle tirade.

Les anecdotes foisonnaient.

— C'est une vieille famille, poursuivit Mr Satterth-wàite. Sir Guy de Chevenix a fait partie de la première croisade. Aujourd'hui, hélas, la lignée semble vouloir s'éteindre. Le vieux Gervase est le dernier des Chevenix-Gore.

— Les biens périclitent ?

— Pas le moins du monde. Gervase est fabuleuse-ment riche. Il possède une propriété de grande valeur, des mines de charbon, et il avait en outre, dans sa jeunesse, jeté son dévolu sur une concession minière au Pérou ou quelque part en Amérique du Sud, qui lui a rapporté une fortune. C'est un homme étonnant. Qui a toujours réussi tout ce qu'il a entrepris.

— Il doit être âgé, maintenant ?

Mr Satterthwaite soupira et hocha la tête.

— Oui, pauvre vieux Gervase. La plupart des gens vous diront qu'il est fou à lier. D'une certaine manière, c'est vrai. Il *est* fou. Non qu'il soit bon à enfermer ou qu'il ait des hallucinations, mais fou au sens d'a-normal. Il a toujours eu un caractère très original.

— Et avec l'âge, l'originalité se transforme en excentricité ? suggéra Poirot.

— Très juste. C'est exactement ce qui est arrivé à ce pauvre vieux Gervase.

— Il a peut-être une haute idée de sa propre importance ?

— Sans aucun doute. J'imagine que dans son esprit, le monde a de tous temps été divisé en deux : il y a les Chevenix-Gore, et puis il y a les autres !

— C'est avoir là un sens de la famille un peu exacerbé !

— Oui. Les Chevenix-Gore sont tous arrogants en diable, ils ont le droit pour eux. Etant le dernier, Gervase est sérieusement atteint. Il est... enfin, vous savez, à l'entendre, on pourrait croire qu'il est... euh... le Tout-Puissant.

Songeur, Poirot hocha la tête.

— Oui, ça en a tout l'air. Figurez-vous que j'ai reçu une lettre de lui. Une lettre inhabituelle. Ce n'est pas une sollicitation. C'est une sommation.

— Ordre de Sa Majesté, pouffa Mr Satterthwaite.

— Tout juste. Il ne semble pas être venu à l'esprit de ce sir Gervase que moi, Hercule Poirot, je suis un homme important, un homme des plus occupés ! Et qu'il y a peu de chances que j'envoie tout promener pour me précipiter à ses pieds comme un chien obéissant... comme un moins que rien, émerveillé de se voir gratifier d'une mission.

Mr Satterthwaite se mordit la lèvre pour réprimer un sourire. Il pensait sans doute que sur le chapitre de la mégalomanie, il eût été malaisé de choisir entre Hercule Poirot et Gervase Chevenix-Gore.

— Bien sûr, murmura-t-il, si l'objet de cette convocation présentait un caractère d'urgence...

— Mais pas du tout ! s'écria Poirot en levant les bras au ciel. Je dois me tenir à sa disposition, un point c'est tout, pour le cas *où* il aurait besoin de moi ! Non mais, je vous demande un peu !

Hercule Poirot leva de nouveau les bras au ciel, geste qui, mieux que ses mots, exprimait la profondeur de l'outrage.

— J'imagine que vous avez refusé ? hasarda Mr Satterthwaite.

— Je n'en ai pas encore eu l'occasion.

— Mais vous allez refuser ?

Le visage du petit homme prit soudain une expression nouvelle. Son front se creusa de mille et une ridules de perplexité.

— Comment vous expliquer ? Refuser... oui, telle a été ma première réaction. Mais je ne sais pas... On a, parfois, des intuitions. Il me semble vaguement que cela sent le roussi...

Mr Satterthwaite écouta cette déclaration sans apparemment y trouver à sourire.

— Ah ! fit-il. Ça, c'est intéressant...

— D'après moi, continua Hercule Poirot, un homme tel que vous me l'avez décrit doit être très vulnérable.

— Vulnérable ? répéta Mr Satterthwaite, surpris.

Ce n'était pas un mot qu'il aurait spontanément associé à Gervase Chevenix-Gore. Mais Mr Satterthwaite était un homme perspicace, au jugement rapide.

— Je crois comprendre ce que vous voulez dire.

— Un homme comme lui est enfermé dans une armure, n'est-ce pas... et quelle armure ! Celle des Croisés n'était rien à côté... Une armure d'arrogance, de fierté, de totale admiration de soi. Une armure qui fait dévier les flèches, les innombrables flèches de la vie quotidienne. Mais il y a un revers à la médaille. *Un homme enfermé dans son armure peut aller jusqu'à ignorer qu'il a été attaqué.* Il sera lent à voir, lent à entendre — encore plus lent à sentir.

Il s'arrêta, puis changea de ton pour demander :

— De quoi se compose la famille de sir Gervase ?

— Il y a Vanda, sa femme. C'était une Arbuthnot

— et elle a été très jolie fille. C'est encore une très belle femme. Terriblement distraite, cela dit. Et qui ne jure que par Gervase. Elle semble avoir un penchant pour les sciences occultes. Elle porte des amulettes et des scarabées, et se prétend la réincarnation d'une reine d'Egypte... Ensuite, il y a Ruth — leur fille adoptive. Ils n'ont pas d'enfants à eux. Très séduisante, selon le canon moderne. Voilà toute la famille. A part Hugo Trent, bien entendu. C'est le neveu de Gervase. Pamela Chevenix-Gore avait épousé Reggie Trent et Hugo était leur fils unique. Il est orphelin. Il n'héritera pas du titre, bien entendu, mais je pense qu'il finira par entrer en possession de presque tout l'argent de Gervase. Beau garçon. Il fait partie de la Cavalerie de la Maison du roi.

Songeur, Poirot hocha la tête.

— Sir Gervase doit ressentir douloureusement le fait de n'avoir pas de fils pour perpétuer son nom ?

— Pour lui, ce doit être une blessure profonde, oui.

— Il a le culte du nom de sa famille ?

— Oui.

Mr Satterthwaite resta un moment silencieux. Il était très intrigué. Il finit par se hasarder à demander :

— Vous avez une raison précise pour vous rendre à Hamborough Close ?

Lentement, Poirot secoua la tête.

— Non, dit-il. Pour autant que je puisse en juger, je n'en ai aucune. Quoi qu'il en soit, je crois bien que j'irai.

2

Assis dans le coin d'un compartiment de première classe, Hercule Poirot traversait à grande vitesse la campagne anglaise.

Il sortit de sa poche un télégramme soigneusement plié, l'ouvrit et le relut d'un air méditatif.

Prenez le 16 h 30 de St. Pancras. Avisez contrôleur arrêter express à Whimperley.

Chevenix-Gore

Il replia le télégramme et le remit dans sa poche.

Le contrôleur avait réagi avec obséquiosité. Monsieur allait à Hamborough Close ? Oh, oui, on arrêtait toujours le train à Whimperley pour les invités de sir Gervase Chevenix-Gore. « C'est une prérogative spéciale, je crois, monsieur. »

Depuis, le contrôleur était revenu deux fois, la première pour assurer le voyageur que tout serait fait pour que ce compartiment lui soit réservé, la seconde pour le prévenir que l'express aurait dix minutes de retard.

Le train devait arriver à 19 h 50, mais il était exactement 20 heures et 2 minutes quand Poirot descendit sur le quai de cette petite gare de campagne et glissa dans la main du prévenant contrôleur la demi-couronne qu'il attendait.

La locomotive siffla et le Nord-express s'ébranla. Un chauffeur en livrée vert foncé s'approcha de Poirot.

— Monsieur Poirot ? Pour Hamborough Close ?

Il s'empara de sa valise et le pilota vers la sortie. Une grosse Rolls les y attendait. Le chauffeur maintint la portière ouverte pour Poirot, lui arrangea sur les jambes une somptueuse couverture de fourrure et démarra.

Après quelque dix minutes de route de campagne

et de virages en épingles à cheveux, la voiture franchit un grand portail flanqué de gigantesques griffons de pierre.

Ils traversèrent un parc et remontèrent une allée jusqu'à la maison. Quand ils s'y arrêtèrent, la porte s'ouvrit, et un maître d'hôtel aux proportions impressionnantes parut sur le perron.

— Monsieur Poirot ? Par ici, monsieur.

Il le précéda dans le hall et ouvrit tout grand une porte, à mi-chemin sur la droite.

— M. Hercule Poirot, annonça-t-il.

Il y avait là un certain nombre de gens en tenue de soirée, et l'œil exercé de Poirot remarqua aussitôt qu'ils ne s'attendaient pas à le voir. Les regards braqués sur lui exprimaient une surprise non feinte.

Une grande femme aux cheveux noirs striés de fils d'argent fit aussitôt quelques pas hésitants dans sa direction.

— Toutes mes excuses, madame, dit Poirot en lui baisant la main. Mon train a eu du retard.

— Pas du tout, dit machinalement lady Chevenix-Gore qui le dévisageait toujours avec étonnement. Pas du tout, monsieur... euh... je n'ai pas bien entendu...

— Hercule Poirot.

Il avait prononcé son nom à haute et intelligible voix.

Quelqu'un, derrière lui, respira bruyamment.

A cet instant, il comprit que, de toute évidence, son hôte ne pouvait pas être présent dans la pièce. Il s'enquit, courtois :

— Avez-vous été prévenue de mon arrivée, madame ?

— Oh... Oh, oui... (Le ton n'était pas convaincant.) Je crois, oui... du moins je le suppose, mais je manque tellement d'esprit pratique, monsieur Poirot. J'oublie tout, dit-elle avec une mélancolique satisfaction. On me dit des choses, j'ai l'air de les enregistrer, mais elles m'entrent par une oreille et ressortent par l'autre. Pfuitt ! Envolées ! Comme si elles n'avaient jamais existé.

Puis comme quelqu'un qui se souvient d'un devoir trop longtemps négligé, elle jeta autour d'elle un regard brumeux et déclara :

— Je pense que vous connaissez tout le monde...

Ce n'était à l'évidence pas le cas, mais cette formule rebattue évitait à lady Chevenix-Gore l'ennui des présentations et l'effort de se souvenir du nom de chacun.

Faisant une ultime tentative pour se montrer à la hauteur de la situation, elle ajouta :

— Ma fille... Ruth.

La jeune femme qui se trouvait devant Poirot était également grande et brune, mais d'un type très différent. Au lieu d'avoir des traits un tantinet camus et mollassons comme ceux de lady Chevenix-Gore, elle avait un nez bien dessiné, un peu aquilin, et une mâchoire prononcée. Ses cheveux, lourde masse de bouclettes serrées, étaient rejetés en arrière de façon à lui dégager le visage. Son teint clair et épanoui ne devait pas grand-chose au maquillage. C'était, pensa Poirot, une des plus jolies filles qu'il ait jamais vues.

Il s'aperçut qu'elle avait non seulement de la beauté mais de la cervelle, et soupçonna chez elle des qualités de fierté et de caractère. Elle avait un accent légèrement traînant qui lui parut affecté.

— Quelle chance de recevoir M. Hercule Poirot ! L'Ancêtre nous a réservé une petite surprise, à ce qu'on dirait.

— Ainsi, vous ne saviez pas que je devais venir, mademoiselle ? demanda-t-il vivement.

— Je n'en avais pas la moindre idée. Et dire que maintenant, je dois attendre que le dîner soit fini pour aller chercher mon cahier d'autographes !

Un gong résonna dans le hall, puis le maître d'hôtel ouvrit la porte et annonça :

— Le dîner est servi.

C'est alors, presque avant que ne soit prononcé le mot « servi », qu'il se produisit un incident fort

142

curieux. Le majordome pompeux se transforma, l'espace d'un instant, en un être humain stupéfait...

La métamorphose avait été si brève et le masque d'employé stylé s'était si vite remis en place que quiconque n'aurait pas regardé dans sa direction à ce moment précis n'aurait rien perçu du changement. Il se trouve que Poirot le regardait, justement. Et qu'il en demeura songeur.

Sur le pas de la porte, le maître d'hôtel hésita. Bien qu'il ait repris son visage inexpressif, il avait les traits tendus.

— Oh, mon Dieu... c'est la chose la plus invraisemblable que... balbutia lady Chevenix-Gore à tout hasard. Oh, je... je ne sais vraiment que faire.

Ruth renseigna Poirot :

— Cette stupeur unanime, monsieur Poirot, est due au fait que, pour la première fois depuis au moins vingt ans, mon père est en retard pour le dîner.

— C'est la chose la plus invraisemblable que..., gémit derechef lady Chevenix-Gore. Jamais Gervase n'est...

Un homme d'âge mûr, au port martial, s'approcha d'elle.

— Sacré vieux Gervase ! Enfin en retard ! Ma parole, nous allons pouvoir le faire enrager avec ça. Un bouton de col récalcitrant, vous croyez ? Ou bien Gervase est-il à l'abri de nos communes misères ?

— Mais Gervase n'est *jamais* en retard... souffla lady Chevenix-Gore d'une voix rauque au bord de l'égarement.

Qu'un simple contretemps provoque une telle consternation, cela tenait du grotesque. Et pourtant, pour Hercule Poirot, ce n'était pas grotesque du tout... Sous cette consternation, il sentait poindre une gêne, peut-être même une appréhension. Et lui aussi trouvait étrange que Gervase Chevenix-Gore ne soit pas venu accueillir l'homme qu'il avait convoqué de si mystérieuse façon.

En même temps, il était clair que personne ne

savait quel parti prendre. La situation était sans précédent.

Lady Chevenix-Gore semblait au comble du désarroi. Elle n'en reprit enfin pas moins l'initiative, si l'on peut qualifier cela d'initiative.

— Snell, dit-elle, est-ce que votre maître... ?

Elle ne termina pas sa phrase et se contenta de regarder le maître d'hôtel d'un air interrogateur.

Habitué aux méthodes qu'employait sa maîtresse pour obtenir des renseignements, Snell répondit promptement à la question non formulée.

— Sir Gervase est descendu à 8 heures moins cinq, milady, et il est allé droit dans son bureau.

— Ah, je vois..., fit-elle, le regard lointain. Vous ne pensez pas... je veux dire... il a entendu le gong ?

— Il n'a pas pu ne pas l'entendre, milady, puisqu'il est, pourrait-on dire, à la porte du bureau. J'ignorais si sir Gervase y était encore, sinon je serais allé lui annoncer que le dîner était prêt. Dois-je le faire maintenant, milady ?

Lady Chevenix-Gore se rangea à cette idée avec un soulagement manifeste.

— Oh, merci, Snell. Oui, je vous en prie... Oui, certainement...

Sitôt le majordome parti, elle ajouta :

— Snell est un véritable trésor. Je me repose entièrement sur lui. Je ne sais vraiment pas ce que je pourrais bien devenir sans Snell.

Quelqu'un murmura son approbation, mais personne ne fit de commentaire. Hercule Poirot, qui s'était mis soudain à observer tout le monde avec attention, les trouvait tous tendus. D'un rapide coup d'œil, il essaya de les classer grossièrement : deux hommes d'âge mûr : l'individu à l'allure militaire qui avait pris la parole un peu plus tôt, et une créature mince et fluette aux cheveux grisonnants et aux lèvres pincées d'homme de loi ; deux plus jeunes, très différents l'un de l'autre. Poirot supposa que celui qui avait une moustache et l'air à la fois réservé et arrogant, ne pouvait être que le neveu de sir Gervase, celui qui faisait partie de la Maison du roi. L'autre, avec ses cheveux gominés coiffés en arrière et son élégance ostentatoire, il le rangea sans hésitation dans une classe sociale inférieure. Il y avait aussi une petite femme d'âge mûr au regard intelligent et portant pince-nez, et une jeune fille à la chevelure rousse flamboyante.

Snell apparut sur le seuil. Il avait l'air toujours aussi stylé, mais une fois encore, sous le vernis du serviteur impassible, perçait un être humain troublé.

— Excusez-moi, milady, la porte du bureau est fermée à clef.

— Fermée à clef ? s'écria une voix jeune et alerte, où pointait une note d'excitation.

C'était celle du jeune homme élégant aux cheveux gominés. Il poursuivit en se précipitant :

— Voulez-vous que j'aille voir... ?

Mais avec un calme souverain, Hercule Poirot s'octroya la direction des opérations. Il le fit avec tant de naturel que personne ne trouva étrange que cet inconnu, qui venait juste d'arriver, prenne soudain les choses en main.

— Venez, dit-il, allons tous dans le bureau. Montrez-nous le chemin, Snell, s'il vous plaît.

Snell obéit. Poirot le suivit, et tous les autres lui emboîtèrent le pas, comme des moutons.

Snell traversa le vaste hall, passa au pied du grand escalier, frôla une gigantesque pendule ancienne, ignora en tournant à droite un recoin où se trouvait un gong, et enfila un étroit corridor qui aboutissait à une porte.

Là, Poirot passa devant Snell et fit jouer la poignée. Elle tourna, mais la porte ne s'ouvrit pas. Poirot frappa, d'abord doucement, puis de plus en plus fort. Soudain il renonça, s'agenouilla et mit l'œil au trou de la serrure.

Il se releva avec lenteur et regarda autour de lui. Il avait l'air grave.

— Messieurs, déclara-t-il, il faut immédiatement enfoncer cette porte !

Sous sa direction, les deux jeunes gens, qui étaient grands et forts, s'attaquèrent à la porte. Ce ne fut pas chose facile. Les portes de Hamborough Close étaient solides.

Enfin, la serrure céda et le battant s'ouvrit vers l'intérieur, dans un fracas de bois éclaté.

Pendant un moment, aucun d'eux ne bougea. Ils étaient tous agglutinés sur le seuil, les yeux braqués sur la scène. L'électricité était allumée. Contre le mur de gauche, on apercevait un imposant bureau d'acajou massif. Et là, non face au sous-main mais de côté — de sorte qu'il leur tournait le dos, un homme de belle corpulence était affalé dans un fauteuil. Sa tête et tout le haut de son corps étaient penchés vers la droite, le bras ballant et la main pendante. Et juste en dessous, sur le tapis, on remarquait la présence d'un revolver, petit et brillant...

Nulle explication n'était nécessaire. Le tableau était clair. Sir Gervase Chevenix-Gore s'était suicidé.

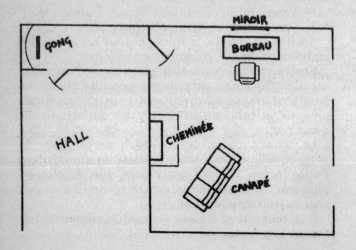

Pendant un moment, personne ne bougea. Enfin, Poirot se précipita dans le bureau.

Au même instant, Hugo Trent poussa un cri :

— Seigneur ! L'Ancêtre s'est suicidé !

Puis on entendit le long et vibrant gémissement de lady Chevenix-Gore.

— Oh, Gervase... Gervase !

— Eloignez lady Chevenix-Gore ! lança Poirot par-dessus son épaule. Elle n'a que faire ici.

L'homme à l'allure militaire obéit.

— Venez, Vanda. Venez, ma chère. Vous n'avez que faire ici. Tout est fini. Ruth, venez vous occuper de votre mère.

Mais Ruth Chevenix-Gore s'était faufilée dans la pièce et se trouvait à côté de Poirot, qui se penchait maintenant sur la terrifiante silhouette affalée dans le fauteuil — une silhouette d'Hercule avec une barbe de Viking.

D'une voix basse et tendre, curieusement mesurée et assourdie, elle demanda :

— Vous êtes sûr qu'il est... mort ?

Poirot leva la tête.

Le visage de la jeune fille trahissait une émotion — sévèrement réprimée — qu'il ne comprit pas. Ce n'était pas de la douleur, mais bien plutôt un mélange d'exaltation et de frayeur.

La petite femme au pince-nez murmura :

— Votre mère, ma chérie... vous ne pensez pas que...

Sur un ton aigu et hystérique, la fille aux cheveux roux s'écria :

— Alors, ce n'était *ni* une voiture *ni* un bouchon de champagne ! C'est un *coup de feu* que nous avons entendu...

Poirot se tourna vers eux tous.

— Il faut que quelqu'un prévienne la police...

Ruth Chevenix-Gore s'interposa violemment :

— Non !

— Je crains bien que ce soit inévitable, déclara l'homme à la tête de juriste. Voulez-vous vous en charger, Burrows ? Hugo...

— Vous êtes Mr Hugo Trent ? demanda Poirot au jeune homme à la moustache. Je pense qu'il serait bon que l'on nous laisse seuls un instant, vous et moi.

Cette fois encore, son autorité ne fut pas mise en question. L'homme de loi entraîna le troupeau. Poirot et Hugo Trent se retrouvèrent en tête à tête.

Ce dernier dévisagea Poirot.

— Mais qui êtes-vous, dites-moi ? Je n'en ai pas la moindre idée. Qu'est-ce que vous faites ici ?

Poirot sortit de sa poche un porte-cartes et en choisit une qu'il lui tendit.

— Détective privé, hein ? J'ai entendu parler de vous, bien sûr... mais cela ne me dit toujours pas ce que vous faites ici.

— Vous ne saviez pas que votre oncle... C'était votre oncle, n'est-ce pas ?

Hugo baissa un instant les yeux sur le mort.

— L'Ancêtre ? Oui, c'était bien mon oncle.

— Vous ne saviez pas qu'il m'avait demandé de venir ?

Hugo secoua la tête et dit, lentement :

— Non, pas du tout.

Sa voix était chargée d'une émotion difficile à définir. Il avait un visage de bois, stupide — le genre d'expression, pensa Poirot, qui vous fait un masque fort utile dans les moments de tension.

— Nous sommes dans le Westshire, si je ne m'abuse ? dit Poirot. Je connais très bien le chef de votre police locale, le major Riddle.

— Riddle habite à un kilomètre environ. Il tiendra sans doute à se déplacer en personne.

— Voilà qui arrangera bien nos affaires, se réjouit Poirot.

Il se mit à errer dans la pièce. Il écarta les rideaux,

examina la porte-fenêtre et la poussa doucement.
Elle était fermée.

Derrière le bureau, un miroir rond était accroché
au mur. Il était brisé. Poirot se baissa et ramassa un
petit objet.

— Qu'est-ce que c'est ? demanda Hugo Trent.

— C'est la balle.

— Elle lui a traversé la tête et a fracassé la glace ?

— On dirait.

Poirot remit soigneusement la balle là où il l'avait
trouvée. Il s'approcha du bureau. Quelques papiers
y étaient classés en piles impeccables. Sur le sous-
main se trouvait une feuille volante où le mot
DÉSOLÉ avait été tracé en majuscules, d'une
écriture tremblée.

— Il a dû écrire ça juste avant de... de le faire, dit
Hugo.

Songeur, Poirot hocha la tête.

Il regarda de nouveau le miroir brisé, puis le mort.
Il semblait perplexe. Il alla à la porte, toute de guingois avec son battant dégondé et sa serrure éclatée.
Il ne s'y trouvait pas de clef — ce qu'il savait déjà —
car il n'aurait pas pu, sinon, regarder par le trou.
Elle n'était pas sur le sol non plus. Poirot fit courir
ses doigts sur le corps.

— Oui, dit-il. La clef est dans sa poche.

Hugo sortit une cigarette de son étui et l'alluma.

— Tout me paraît limpide, déclara-t-il d'une voix
rauque. Mon oncle s'est enfermé à double tour, a
griffonné ce message sur un bout de papier, et s'est
tiré une balle dans la tête.

Poirot semblait méditatif. Hugo poursuivit :

— Mais je ne comprends toujours pas pourquoi il
vous a appelé. De quoi s'agissait-il ?

— C'est assez difficile à expliquer. En attendant
que les autorités viennent prendre les choses en
main, Mr Trent, peut-être pourriez-vous me dire au
juste qui sont les gens que j'ai vus ce soir en
arrivant ?

— Qui ils sont ? répéta Hugo, l'air absent. Oh,

oui, bien sûr. Excusez-moi. Asseyons-nous, proposa-
t-il en lui montrant un canapé dans l'angle de la
pièce le plus éloigné du corps. Eh bien, il y a Vanda,
ma tante, poursuivit-il d'une voix saccadée. Et Ruth,
ma cousine. Mais vous les connaissez déjà. L'autre
jeune fille s'appelle Susan Cardwell. Elle ne fait que
séjourner ici. Et puis, il y a le colonel Bury. C'est un
vieil ami de la famille. Et Mr Forbes. C'est aussi un
vieil ami, en dehors du fait qu'il est le notaire des
Chevenix-Gore et tout et tout. Ces deux lascars
étaient amoureux fous de Vanda dans leur jeunesse,
et ils traînent toujours leurs guêtres par ici — ce
sont ses adorateurs fidèles, en quelque sorte.
Ridicule, mais plutôt touchant. Ensuite, il y a Godfrey Burrows, le secrétaire de l'Ancêtre — je veux
dire de mon oncle — et miss Lingard, qui l'aide à
écrire l'histoire des Chevenix-Gore. Elle est
documentaliste. C'est tout, je crois.

Poirot hocha la tête.

— Si j'ai bien compris, vous avez entendu le coup
de feu qui a tué votre oncle ?

— Exact. Et nous avons pensé qu'il s'agissait d'un
bouchon de champagne... moi en tout cas. Susan et
miss Lingard ont cru qu'une voiture avait des ratés
— la route n'est pas loin, vous savez.

— Cela s'est passé quand ?

— Oh, vers 8 h 10. Snell venait de sonner le premier gong.

— Et où étiez-vous à ce moment-là ?

— Dans le hall. Nous... nous plaisantions, nous
discutions pour savoir d'où était venu le bruit. Je
disais qu'il était venu de la salle à manger, Susan
prétendait qu'il était venu du salon, miss Lingard,
d'en haut, et Snell, de la route, mais par les fenêtres
du premier. Susan a demandé : « Pas d'autres théo-
ries ? » J'ai ri et répliqué qu'il restait encore l'hypothèse du meurtre ! Maintenant que j'y repense, cela
paraît plutôt mal venu.

Ses traits se contractèrent.

— Personne n'a pensé que sir Gervase avait pu se suicider ?

— Non, bien sûr que non.

— En fait, vous n'avez aucune idée de ce qui a bien pu le pousser au suicide ?

— Ma foi... je n'irais pas jusque-là.

— Vous avez une idée ?

— Eh bien... oui... c'est difficile à expliquer. Evidemment, je ne m'attendais pas à ce qu'il se suicide, mais quand même, je n'en suis pas terriblement surpris. La vérité, c'est que mon oncle était fou à lier, monsieur Poirot. Tout le monde le savait.

— Et cela vous paraît une explication suffisante ?

— Bah ! Les gens qui sont un peu timbrés ont davantage tendance à se suicider que les autres.

— Explication d'une admirable simplicité !

Hugo écarquilla les yeux.

Poirot se releva et déambula sans but dans la pièce. Elle était confortablement meublée, dans un style victorien assez lourd. Il y avait d'imposantes bibliothèques, d'énormes fauteuils et quelques chaises à dossier droit — de l'authentique Chippendale. Peu d'objets mais, sur la cheminée, quelques bronzes attirèrent l'attention de Poirot et éveillèrent apparemment son admiration. Il les souleva un à un et les examina avec soin avant de les remettre précautionneusement en place. Du dernier, à l'extrême gauche, il détacha de l'ongle quelque chose.

— Qu'est-ce que c'est ? demanda Hugo avec indifférence.

— Rien de spécial. Un petit éclat de miroir.

— Bizarre, la manière dont ce miroir a été brisé par l'impact, remarqua Hugo. Un miroir brisé, c'est annonciateur de malheur. Pauvre vieux Gervase... Sa chance avait trop duré, sans doute.

— Votre oncle était du genre chanceux ?

Hugo eut un petit rire.

— Sa chance était proverbiale ! Tout ce qu'il touchait se transformait en or ! Soutenu par lui, un outsider coiffait les autres au poteau ! S'il investissait dans une mine douteuse, on tombait aussitôt sur un filon ! Il avait l'art d'esquiver les pièges les mieux tendus. Sa vie, elle n'a plus d'une fois tenu qu'à un fil et, à chaque coup, c'est miracle qu'il s'en soit tiré. Dans son genre, c'était un type fascinant, vous savez. Il en avait vu de toutes les couleurs. Et il avait roulé sa bosse plus que la plupart des gens de sa génération.

— Vous étiez très attaché à votre oncle, Mr Trent ? demanda Poirot sur le ton de la conversation.

Hugo Trent parut un peu surpris par la question.

— Oh... euh... oui, bien sûr, répondit-il d'un ton évasif. Vous savez, il n'était pas toujours commode. Et vivre avec lui devait vous mettre les nerfs à rude épreuve. Heureusement, je n'étais pas tenu de le voir souvent.

— Et *lui*, il avait de l'affection pour *vous* ?

— On ne peut pas dire que ça ait jamais sauté aux yeux ! Au fond, le simple fait que j'existe l'a toujours mis hors de lui, si je peux m'exprimer ainsi.

— Comment ça, Mr Trent ?

— Eh bien, voyez-vous, il n'a pas eu de fils, et il ne s'en est jamais remis. C'était un fanatique de la tradition, de la famille, j'en passe et des meilleures. Je pense qu'il était blessé au vif de savoir que les Chevenix-Gore s'éteindraient avec lui. Une famille qui remonte à la conquête normande... L'Ancêtre était le dernier de la lignée. De son point de vue, c'était atroce.

— Vous ne partagez pas ce sentiment ?

Hugo haussa les épaules.

— Tout ça me paraît plutôt rétrograde.

— A qui ira la succession ?

— Je n'en sais rien. A moi peut-être. A moins qu'il n'ait tout laissé à Ruth. Vanda en aura probablement l'usufruit.

— Votre oncle n'avait jamais fait part de ses intentions ?

— Ma foi, il caressait une idée.

— Laquelle ?

— L'idée que Ruth et moi devrions nous marier.

— Ce serait, sans aucun doute, très souhaitable.

— Eminemment souhaitable. Mais Ruth... enfin, Ruth a sur la vie des points de vue bien personnels. Elle est très séduisante et elle le sait. Elle n'est pas pressée de se ranger.

Poirot se pencha vers lui :

— Mais vous-même, Mr Trent, auriez-vous été d'accord ?

— De nos jours, on peut épouser n'importe qui et ça ne tire pas à conséquence, répondit Hugo d'un ton blasé. Le divorce est devenu si facile... Si ça ne colle pas, rien de plus simple : on coupe les liens et on recommence.

La porte s'ouvrit et Forbes entra avec un individu de haute taille, tiré à quatre épingles.

Ce dernier adressa un petit signe de tête à Trent :

— Bonsoir, Hugo. Toutes mes condoléances. Ça doit être un rude coup pour vous tous.

Hercule Poirot s'avança :

— Comment allez-vous, major Riddle ? Vous vous souvenez de moi ?

— Mais comment donc ! répondit le chef de la police en lui serrant la main. Ainsi, vous êtes déjà sur le terrain !

Il avait jeté à Poirot un regard plein de curiosité. Sa présence lui donnait visiblement à réfléchir.

4

— Eh bien ? demanda le major Riddle.

Cela se passait vingt minutes plus tard. Ce « eh bien » interrogatif s'adressait au médecin légiste, un homme d'un certain âge, dégingandé et grisonnant.

Celui-ci haussa les épaules.

— Il est mort depuis plus d'une demi-heure, mais pas plus d'une heure. Je vous épargne les détails techniques, je sais que vous n'y tenez pas. Il a reçu une balle dans la tête, tirée avec un revolver qui se trouvait à quelques centimètres de sa tempe droite. La balle a traversé le cerveau et est ressortie.

— Parfaitement compatible avec un suicide ?

— Parfaitement. Le corps s'est effondré dans le fauteuil et le revolver lui a échappé de la main.

— Vous avez la balle ?

— Oui.

Le médecin la lui tendit.

— Merci. Nous la gardons pour le contrôle balistique, dit le major Riddle. Je suis bien content que l'affaire soit claire et ne pose aucun problème.

— Vous nous confirmez, docteur, qu'elle ne pose aucun problème ? susurra Poirot.

— Il y a bien... comment dire ?... une petite bizarrerie, répondit le médecin sans hâte. Lorsqu'il a tiré, il devait être légèrement penché vers la droite. Sinon la balle aurait frappé le mur sous le miroir et non en plein milieu.

— Position plutôt inconfortable pour se suicider, remarqua Poirot.

Le médecin haussa les épaules.

— Bah ! le confort, vous savez... quand on a décidé d'en finir...

Il laissa sa phrase inachevée.

— Peut-on faire enlever le corps ? s'enquit le major Riddle.

— Oui. Je n'en ai plus besoin jusqu'à l'autopsie.

— Et vous, inspecteur ? demanda le major Riddle à un policier en civil, grand gaillard à la mine imperturbable.

— C'est O.K., monsieur. Nous avons tout ce que nous voulions. A part les empreintes du défunt sur le revolver.

— Alors, allez-y.

On emporta la dépouille de Gervase Chevenix-

Gore. Et Poirot resta seul avec le chef de la police locale.

— Ouf ! dit Riddle, tout paraît on ne peut plus clair et net. La porte du couloir et les portes-fenêtres fermées, la clef dans la poche du mort... Tout... à part un « détail » qui me tourmente.

— Lequel, mon bon ami ? demanda Poirot.

— *Vous* ! déclara rondement Riddle. Qu'est-ce qu'un homme comme *vous* fait ici ?

En réponse, Poirot lui tendit la lettre qu'il avait reçue du défunt une semaine auparavant et le télégramme qui avait décidé de l'heure de sa venue.

— Hum ! fit le major. Intéressant. Il va falloir creuser ça. J'incline à penser que cela a un rapport direct avec son suicide.

— Tout à fait d'accord.

— Il va falloir vérifier les tenants et aboutissants de toute la maisonnée.

— Je peux vous donner leurs noms. Je viens juste de me renseigner auprès de Mr Trent.

Il les lui répéta.

— Vous savez peut-être quelque chose à leur propos, major Riddle ?

— Je sais certaines choses, évidemment. Dans son genre, lady Chevenix-Gore est presque aussi folle que l'était le vieux Gervase. Ils étaient inséparables et aussi cinglés l'un que l'autre. Elle, c'est la créature la plus floue et la plus erratique que la terre ait jamais portée avec, par moments, une troublante perspicacité qui fait mouche et vous stupéfie. Les gens en font des gorges chaudes. Je pense qu'elle le sait mais que ça lui est Dieu égal. Elle n'a, par ailleurs, pas le moindre sens de l'humour.

— Miss Chevenix-Gore n'est que leur fille adoptive, si j'ai bien compris ?

— Oui.

— Elle est très jolie.

— Elle est séduisante en diable. Elle a fait des ravages chez les jeunes gens des environs. Elle les fait marcher, puis les laisse tomber et leur rit au nez. Elle a une bonne assiette à cheval et la main ferme.

— Pour le moment, cela ne nous intéresse pas vraiment.

— Euh... non, peut-être pas. Bon, les autres maintenant. Je connais le vieux Bury, bien sûr. Il est toujours fourré ici. Il fait pour ainsi dire partie des meubles. C'est un très vieil ami, un genre chevalier servant de lady Chevenix-Gore. Ils se connaissent depuis toujours. Je crois que sir Gervase avait des intérêts dans une société dont Bury était le directeur.

— Vous savez quelque chose sur Oswald Forbes ?

— J'ai dû le rencontrer une fois.

— Miss Lingard ?

— Jamais entendu parler.

— Miss Susan Cardwell ?

— Une assez jolie rouquine ? Je l'ai vue dans le sillage de Ruth Chevenix-Gore ces jours derniers.

— Mr Burrows ?

— Oui, je le connais. C'est le secrétaire de Chevenix-Gore. Entre nous, il ne me plaît pas beaucoup. Il est beau garçon et il le sait. Ce n'est pas le gratin.

— Il travaille depuis longtemps pour sir Gervase ?

— Environ deux ans, je crois.

— Il n'y a personne d'autre... ?

Poirot s'interrompit.

Un grand jeune homme blond, en costume de ville, venait de faire irruption. Il était hors d'haleine et paraissait troublé.

— Bonsoir, major Riddle. J'ai entendu dire que sir Gervase s'était suicidé et je suis accouru. Snell prétend que c'est vrai. Tout ça ne tient pas debout ! Je n'arrive pas à y croire !

— Ce n'est pourtant que trop exact, Lake. Permettez-moi de faire les présentations. Le capitaine Lake, qui gère le domaine de sir Gervase... M. Hercule Poirot dont vous avez sans doute entendu parler.

Le visage de Lake s'éclaira d'une espèce d'incrédu-lité émerveillée.

— Monsieur Hercule Poirot ? Je suis absolument enchanté de faire votre connaissance. Du moins... (Il s'interrompit et son sourire, aussi bref que char-mant, s'évanouit pour faire place à l'inquiétude.) Ce suicide ne cache rien de... de louche, monsieur ?

— Pourquoi y aurait-il du « louche », comme vous dites ? demanda vivement le chef de la police.

— A cause de la présence de M. Poirot... Oh, et puis parce que toute cette histoire ne tient pas debout !

— Non, non, répliqua aussitôt Poirot. Je ne suis pas venu enquêter sur la mort de sir Gervase. J'étais déjà dans la maison... en qualité d'invité.

— Ah, je vois. C'est drôle qu'il ne m'ait pas parlé de votre arrivée quand nous avons vérifié les comptes, cet après-midi.

— Voilà deux fois que vous vous exclamez que « ça ne tient pas debout », capitaine Lake, fit remar-quer Poirot d'un ton égal. Le suicide de sir Gervase vous paraît-il donc si surprenant ?

— Evidemment. Oh ! bien sûr, il était fou à lier, personne ne vous dira le contraire. N'empêche que je l'imagine mal pensant que le monde pourrait continuer à tourner sans lui.

— Ah ! C'est une remarque fort sensée, ça, déclara Poirot en regardant avec approbation ce jeune homme à l'air franc et intelligent.

Le major Riddle s'éclaircit la gorge.

— Puisque vous êtes ici, capitaine Lake, peut-être accepterez-vous de vous asseoir et de répondre à quelques questions ?

— Certainement, monsieur.

Il s'installa en face des deux autres.

— Quand avez-vous vu sir Gervase pour la dernière fois ?

— Cet après-midi, un peu avant 3 heures. Nous devions vérifier quelques comptes et étudier le cas d'un nouveau métayer pour l'une des fermes.

— Combien de temps êtes-vous resté avec lui ?

— Peut-être une demi-heure.

— Réfléchissez bien, et dites-moi si vous n'auriez pas remarqué quelque chose d'inhabituel dans son comportement.

Le jeune homme se creusa la tête.

— Non, je ne crois pas. Peut-être était-il un peu agité... mais ce n'était pas inhabituel, chez lui.

— Il n'était pas déprimé ?

— Oh, non, il avait l'air de très bonne humeur. Il prenait un plaisir énorme à écrire l'histoire des Chevenix-Gore.

— Depuis quand y travaillait-il ?

— Il y a six mois environ qu'il avait commencé.

— C'est à ce moment-là que miss Lingard est arrivée ?

— Non, il l'a fait venir il y a à peu près deux mois, quand il s'est aperçu qu'il ne pouvait pas se charger seul du travail de recherche nécessaire.

— Et vous estimez vraiment que ce travail lui plaisait ?

— Je vous ai dit qu'il y prenait un plaisir énorme. Il était réellement convaincu que, hormis sa famille, rien ne comptait au monde.

Le ton du jeune homme avait été marqué d'une amertume passagère.

— Donc, pour ce que vous en savez, sir Gervase n'avait aucun souci d'aucune sorte ?

Le capitaine Lake eut une légère, très légère hésitation avant de répondre :

— Non.

Poirot posa soudain une question :

— Sir Gervase n'était pas, d'après vous, inquiet pour sa fille, en quoi que ce soit, non ?

— Pour sa fille ?

— C'est bien ce que j'ai dit.

— Pas que je sache, répondit le jeune homme non sans raideur.

Poirot se garda d'insister.

— Eh bien, merci, Lake, dit le major Riddle. Ne vous éloignez pas trop pour le cas où j'aurais quelque chose à vous demander.

— Très bien, monsieur. Puis-je vous aider en quoi que ce soit ? demanda-t-il en se levant.

— Oui, vous pouvez nous envoyer le maître d'hôtel. Et vous pouvez peut-être aussi prendre des nouvelles de lady Chevenix-Gore. Essayez de savoir si je peux m'entretenir un instant avec elle, ou si elle est trop bouleversée pour ça.

Le jeune homme hocha la tête et partit d'un pas rapide et décidé.

— Séduisant personnage, remarqua Hercule Poirot.

— Oui, c'est un garçon charmant et très compétent. Tout le monde l'aime beaucoup.

5

— Asseyez-vous, Snell, dit le major Riddle avec bienveillance. J'ai pas mal de questions à vous poser. Cela a dû être un grand choc pour vous, j'imagine.

— Oh ! c'est bien vrai, monsieur. Merci, monsieur.

Assis, Snell avait l'air aussi compassé que debout.

— Vous êtes ici depuis longtemps, n'est-ce pas ?

— Seize ans, monsieur, depuis que sir Gervase... euh... s'est rangé, si l'on peut dire.

— Ah oui, bien sûr. Votre maître était un grand voyageur, dans son temps.

— Oui, monsieur. Il a fait une expédition au pôle Nord, et dans beaucoup d'autres endroits intéressants.

— Maintenant, Snell, pouvez-vous me dire quand vous avez vu votre maître pour la dernière fois, ce soir ?

— J'étais dans la salle à manger, monsieur, je vérifiais que rien n'avait été omis dans l'ordonnancement de la table. La porte donnant sur le hall était ouverte et j'ai vu sir Gervase descendre l'escalier, traverser le hall et prendre le couloir qui mène à son bureau.

— Quelle heure était-il ?

— Pas tout à fait 8 heures. Je dirais environ 8 heures moins 5.

— Et vous ne l'avez plus revu ?

— Non, monsieur.

— Avez-vous entendu un coup de feu ?

— Oh, oui, monsieur, pour sûr. Mais je n'ai évidemment pas pensé une seconde... Comment aurais-je pu ?

— Vous vous êtes dit qu'il s'agissait de quoi ?

— J'ai pensé que c'était une voiture, monsieur. La route longe le mur du parc. Ou alors, ç'aurait pu être un coup de feu dans les bois, un braconnier par exemple. Je n'aurais jamais pu deviner...

Le major Riddle l'interrompit.

— Quelle heure était-il cette fois-là ?

— Il était très exactement 8 heures et 8 minutes, monsieur.

— Comment pouvez-vous fixer l'heure à la minute près ? demanda vivement le major.

— C'est facile, monsieur. Je venais juste de frapper le premier coup de gong.

— Le premier coup de gong ?

— Oui, monsieur. Selon les instructions de sir Gervase, il fallait toujours faire retentir le gong sept minutes avant le gong qui annonçait le dîner. Sir Gervase tenait absolument à ce que tout le monde soit rassemblé dans le salon au deuxième coup de gong. Tout de suite après avoir fait sonner ce deuxième gong, je me suis présenté sur le seuil du salon pour annoncer que le dîner était servi, et tout le monde est entré.

— Je commence à comprendre pourquoi vous avez eu l'air si surpris quand vous avez annoncé le dîner. D'habitude, sir Gervase se trouvait dans le salon ?

— Il n'y manquait jamais, monsieur. Cela m'a fait un choc. Mais j'étais loin de penser...

Le major Riddle l'interrompit de nouveau adroitement :

— Et les autres aussi sont toujours là, en général ?

Snell toussota.

— Celui qui arrivait en retard au dîner n'était plus jamais invité, monsieur.

— Hum... mesure draconienne.

— Sir Gervase employait un chef qui avait servi l'empereur de Moravie, monsieur. Il disait qu'un dîner était aussi important qu'un rituel religieux, monsieur.

— Et sa propre famille, il la traitait de la même façon ?

— Lady Chevenix-Gore faisait très attention à ne pas le contrarier, monsieur, et même miss Ruth n'aurait pas osé arriver en retard au dîner.

— Intéressant, murmura Poirot.

— Je vois, dit Riddle. Le dîner étant prévu pour 8 heures et quart, vous avez frappé le premier coup de gong à 8 heures et 8 minutes, comme d'habitude ?

— Oui, monsieur, mais ce n'était pas comme d'habitude. D'habitude, le dîner est à 8 heures. Ce soir, sir Gervase avait donné l'ordre de servir un quart d'heure plus tard parce qu'il attendait quelqu'un qui devait arriver par le dernier train.

Snell s'inclina légèrement devant Poirot.

— Lorsque votre maître est allé dans son bureau, vous a-t-il paru inquiet, ou soucieux ?

— Je ne saurais dire, monsieur. Il était trop loin pour que je puisse juger. J'ai juste remarqué sa présence, c'est tout.

— Il était seul, à ce moment-là ?

— Oui, monsieur.

— Quelqu'un est-il allé dans le bureau par la suite ?

— Je l'ignore, monsieur. Après ça, je me suis

rendu à l'office, où je suis resté jusqu'au premier coup de gong, à 8 heures 8.

— C'est alors que vous avez entendu le coup de feu ?

— Oui, monsieur.

Poirot intervint :

— Vous n'êtes pas seul, je pense, à avoir entendu ce coup de feu ?

— Non, monsieur. Mr Hugo et miss Cardwell aussi. Et miss Lingard.

— Ils étaient également dans le hall ?

— Miss Lingard est sortie du salon, miss Cardwell et Mr Hugo débouchaient de l'escalier.

— Ce coup de feu a-t-il donné lieu à des commentaires ? demanda Poirot.

— Eh bien, monsieur, Mr Hugo a voulu savoir s'il y aurait du champagne au dîner. Je lui ai répondu qu'on servirait du sherry, du vin du Rhin et du bourgogne.

— Il croyait que c'était un bouchon de champagne ?

— Oui, monsieur.

— Mais personne n'a pris l'affaire au sérieux ?

— Oh, non, monsieur. Ils ont tous gagné le salon en riant et en bavardant.

— Où étaient les autres invités ?

— Je ne saurais dire, monsieur.

— Connaissez-vous ce revolver ? demanda le major Riddle en le lui montrant.

— Oh, oui, monsieur. Il appartenait à sir Gervase. Il le gardait toujours dans le tiroir de son bureau.

— Etait-il chargé, d'habitude ?

— Je ne saurais dire, monsieur.

Le major Riddle reposa le revolver et s'éclaircit la gorge.

— A présent, Snell, je vais vous poser une question importante. J'espère que vous y répondrez avec autant de franchise que faire se peut. *Voyez-vous une raison qui aurait pu pousser votre maître au suicide ?*

— Non, monsieur. Je n'en vois aucune.

— Sir Gervase ne s'est pas comporté de manière bizarre, ces temps-ci ? Il n'était pas soucieux, déprimé ?

Snell toussota, gêné.

— Vous m'excuserez, monsieur, mais sir Gervase paraissait toujours un peu bizarre à ceux qui ne le connaissaient pas. C'était un gentleman très original, monsieur.

— Oui, oui, j'en suis tout à fait conscient.

— Les Etrangers, monsieur, ne Comprenaient pas Toujours Sir Gervase.

Snell avait prononcé cette phrase comme si elle avait été écrite en capitales.

— Je sais, je sais. Je pense à quelque chose que *vous* auriez trouvé inhabituel.

Le maître d'hôtel hésita.

— Je crois que sir Gervase était préoccupé, monsieur, répondit-il enfin.

— Préoccupé et déprimé ?

— Je ne dirais pas déprimé, monsieur. Mais préoccupé, oui.

— Avez-vous une idée de la cause de ses soucis ?

— Non, monsieur.

— Se rapportaient-ils à quelqu'un en particulier, par exemple ?

— Je ne pourrais rien affirmer, monsieur. De toute façon, ce n'est qu'une impression personnelle.

Poirot intervint de nouveau.

— Son suicide vous a-t-il surpris ?

— Infiniment surpris, monsieur. Cela a été un choc terrible pour moi. Je n'aurais jamais imaginé une chose pareille.

Poirot hocha la tête, pensif.

Riddle lui jeta un coup d'œil et reprit :

— Eh bien, Snell, je crois que c'est tout ce que nous voulions vous demander. Vous êtes bien sûr de n'avoir rien d'autre à nous raconter ? Il n'est rien arrivé d'inhabituel ces derniers temps, par exemple ?

Le maître d'hôtel se leva et secoua la tête :

— Rien, monsieur, absolument rien.

— Alors, vous pouvez disposer.

— Merci, monsieur.

Arrivé devant la porte, Snell s'écarta. Lady Chevenix-Gore entrait dans la pièce comme si elle eut flotté. Elle était étroitement enveloppée dans des voiles de soie mauve et orange qui lui faisaient un vêtement d'allure orientale. Maîtresse d'elle-même, elle paraissait calme et sereine.

Le major Riddle sauta sur ses pieds.

— Lady Chevenix-Gore...

— On m'a dit que vous souhaiteriez me parler, alors je suis venue.

— Voulez-vous que nous allions ailleurs ? Cette pièce doit vous être pénible à l'extrême.

Lady Chevenix-Gore secoua la tête et s'assit sur une des chaises Chippendale.

— Oh, non, quelle importance ? murmura-t-elle.

— Vous êtes très bonne, lady Chevenix-Gore, de faire ainsi abstraction de vos sentiments... Je sais que le choc a dû être terrible et...

Elle l'interrompit.

— Cela a d'abord été un choc, en effet, reconnut-elle sur le ton détendu de la conversation. Mais en réalité, ce qu'on appelle la Mort n'existe pas, vous savez — C'est seulement un Transfert. En fait, ajouta-t-elle, Gervase se trouve en ce moment juste derrière votre épaule gauche. Je le vois mieux que je ne vous vois.

L'épaule gauche du major Riddle frémit quelque peu. Il regarda lady Chevenix-Gore d'un air dubitatif.

Elle lui sourit, d'un sourire aussi vague que béat.

— Bien sûr, vous n'y croyez pas ! Comme la plupart des gens. Pour moi, le monde spirituel est aussi réel que ce monde-ci. Mais je vous en prie, demandez-moi tout ce que vous voudrez, et ne craignez pas de m'affliger. Je ne suis pas le moins du monde affligée. C'est le Destin qui est responsable de tout. On n'échappe pas à son karma. Tout concorde... le miroir... tout.

— Le miroir, madame ? s'étonna Poirot.

Elle lui fit un vague signe de tête.

— Oui. Vous voyez, il était brisé. Un symbole ! Connaissez-vous le poème de Tennyson ? Je le lisais, enfant, sans en comprendre évidemment la portée ésotérique. *Le miroir se fendit de part en part.* « *La malédiction s'est abattue sur moi !* » *s'écria la dame de Shalott.* C'est ce qui est arrivé à Gervase. La Malédiction s'est abattue tout à coup sur lui. Vous n'ignorez pas, j'imagine, que la plupart des très vieilles familles sont l'objet d'une malédiction... le miroir brisé... Il a su tout de suite qu'il était maudit ! *La malédiction s'était abattue !*

— Mais, madame, ce n'est pas une malédiction qui a brisé le miroir, c'est une balle !

Du même ton doux et rêveur, lady Chevenix-Gore répliqua :

— C'est la même chose, en vérité... c'était le Destin.

— Mais votre mari s'est suicidé.

Lady Chevenix-Gore eut un sourire indulgent.

— Il n'aurait pas dû faire ça, bien sûr. Mais Gervase a toujours été une nature emportée. Il n'a jamais su attendre. Son heure avait sonné et il est allé au-devant d'elle. Ce n'est pas plus compliqué.

Exaspéré, le major Riddle s'éclaircit la gorge.

— Alors, vous n'avez pas été surprise par le suicide de votre mari ? demanda-t-il d'un ton sec. Vous vous attendiez à quelque chose dans ce genre-là ?

— Oh, non, dit-elle en ouvrant de grands yeux. On ne peut pas toujours prévoir l'avenir. Bien sûr, Gervase était très étrange, ce n'était pas un homme ordinaire. Il ne ressemblait à personne. Il était la réincarnation d'un de ces Grands Hommes d'autrefois. Je le savais depuis longtemps. Et je pense qu'il s'en était rendu compte lui aussi. Il lui était difficile de se conformer aux petites règles stupides de la vie quotidienne... Le voilà qui sourit, maintenant, ajouta-t-elle en regardant par-dessus l'épaule de Riddle. Il nous trouve tous bien ridicules. Et Dieu sait que nous le sommes ! Pareils à des enfants. Prétendre que la vie est réelle et qu'elle a de l'importance... La vie n'est qu'une des Grandes Illusions.

Conscient de se livrer à une bataille perdue d'avance, le major Riddle demanda sur le ton du désespoir :

— Vous ne pouvez pas nous aider à découvrir *pourquoi* votre mari a mis fin à ses jours ?

Elle haussa ses maigres épaules.

— Nous sommes mus par des Forces... nous sommes mus... Vous ne pouvez pas comprendre. Vous ne vous mouvez que dans un univers matériel...

Poirot toussota.

— A propos d'univers matériel, madame, savez-vous comment votre mari a disposé de ses biens ?

— L'argent ? (Elle le dévisagea.) Je ne pense jamais à l'argent.

Le ton était d'un suprême dédain.

Poirot changea de sujet.

— A quelle heure êtes-vous descendue dîner ce soir ?

— A quelle heure ? Mais qu'est-ce que le Temps ? L'infini, voilà la réponse. Le temps est infini.

— Mais votre mari, madame, murmura Poirot, était assez pointilleux en ce qui concerne le temps... surtout, si j'en crois ce que j'ai entendu dire, à propos de l'heure du dîner.

— Cher Gervase, dit-elle en souriant avec indulgence. Il était plutôt ridicule à ce sujet. Mais ça le rendait heureux. Alors nous n'étions jamais en retard.

— Etiez-vous dans le salon, madame, quand le premier coup de gong a retenti ?

— Non, j'étais encore dans ma chambre.

— Vous rappelez-vous qui était dans le salon lorsque vous êtes descendue ?

— Presque tout le monde, je crois, répondit-elle, évasive. C'est important ?

— Peut-être pas, reconnut Poirot. Et puis, il y a autre chose. Votre mari ne vous a jamais dit qu'il soupçonnait qu'on le volait ?

Lady Chevenix-Gore ne parut pas très intéressée par la question.

— Qu'on le volait ? Non, je ne crois pas.

— Qu'on le volait, qu'on l'escroquait, qu'il était victime d'une filouterie quelconque ?

— Non... non, je ne crois pas... Gervase aurait été très en colère si quelqu'un s'était permis une chose pareille.

— Toujours est-il qu'il ne vous en a rien dit.

— Non... non, fit lady Chevenix-Gore, toujours sans manifester d'intérêt réel. Je m'en souviendrais...

— Quand avez-vous vu votre mari vivant pour la dernière fois ?

— Comme d'habitude, il a passé la tête chez moi avant le dîner. Ma femme de chambre était là. Il a juste dit qu'il descendait.

— De quoi parlait-il le plus volontiers, ces dernières semaines ?

— Oh, de l'histoire de sa famille. Il s'en sortait très bien. Il trouvait que miss Lingard, cette drôle de vieille bique, avait une valeur inestimable. Elle faisait des recherches pour lui au British Museum. Elle avait travaillé avec lord Mulcaster sur son livre, vous savez. Et elle avait du tact, je veux dire qu'elle ne cherchait pas ce qu'il ne fallait pas. Après tout, il y a des ancêtres qu'on préfère ne pas exhumer. Gervase était si sensible... Elle m'a aidée aussi. Elle m'a déniché un tas de renseignements sur Hatchepsout. Parce que je suis une réincarnation de Hatchepsout, vous savez.

Lady Chevenix-Gore avait fait cette déclaration avec toute la sérénité du monde.

— Avant ça, poursuivit-elle, j'avais été prêtresse en Atlantide.

Le major Riddle s'agita sur son siège.

— Euh... euh... c'est passionnant. Eh bien, lady Chevenix-Gore, je crois vraiment que ce sera tout. Vous avez été très aimable.

Lady Chevenix-Gore se leva en serrant autour d'elle son vêtement oriental.

— Bonne nuit, dit-elle. (Puis, posant les yeux quelque part derrière le major Riddle :) Bonne nuit, cher Gervase. J'aimerais que vous puissiez venir mais je sais que vous devez rester là. Vous devez rester là où vous avez trépassé pendant vingt-quatre heures au moins, ajouta-t-elle pour se faire comprendre. Il faut un moment avant que vous puissiez vous déplacer à votre gré et entrer en contact avec nous.

Elle se glissa, évanescente, hors de la pièce.

Le major Riddle s'épongea le front.

— Bon sang de bonsoir ! Elle est encore beaucoup plus cinglée que je ne pensais. Est-ce qu'elle croit vraiment à toutes ces sornettes ?

Poirot secoua la tête, rêveur.

— Il est possible qu'elle trouve là une consolation. Dans un moment pareil, elle doit éprouver le besoin de se créer un monde d'illusion pour échapper à la dure réalité — à savoir la mort de son mari.

— Pour moi, elle est bonne à enfermer, répliqua le major Riddle. Quel méli-mélo d'idioties ! Pas un mot qui ait un sens !

— Mais si, mon bon ami. Ce qui est intéressant, comme l'a fait remarquer au passage Mr Hugo Trent, c'est qu'au milieu de tout ce fatras, elle lance tout à coup une idée astucieuse. Ce qu'elle a dit à propos du tact de miss Lingard, qui évite d'exhumer les ancêtres indésirables, en est la preuve. Croyez-moi, lady Chevenix-Gore n'est pas folle.

Il se leva et se mit à marcher de long en large.

— Il y a des choses qui ne me plaisent pas dans cette affaire. Qui ne me plaisent pas du tout.

Riddle le dévisagea avec curiosité.

— Vous voulez parler des raisons du suicide ?

— Suicide... suicide ! Tout est faux, je vous dis. *Psychologiquement faux*. Comment Chevenix-Gore se voyait-il ? En Colosse de Rhodes, en personnage de la plus haute importance ; il se prenait pour le nombril de l'univers ! Est-ce qu'un homme pareil se détruit ? Certainement pas. Il détruira plus probablement quelqu'un d'autre, une misérable fourmi humaine qui aura osé le gêner... Un bel acte, oui, il pourrait le considérer comme nécessaire et comme béni des dieux ! Mais l'autodestruction ? La destruction d'un tel *auto* ?

— Tout cela est bien joli, Poirot, mais les faits parlent d'eux-mêmes : la porte verrouillée, la clef dans sa poche. Les portes-fenêtres solidement fermées. Je sais, on trouve ça dans les romans, mais dans la réalité, cela ne m'est jamais arrivé. Autre chose ?

— Mais oui, il y a autre chose, répondit Poirot en s'asseyant dans le fauteuil. Me voilà, moi, Chevenix-Gore. Je suis assis à mon bureau. Je suis déterminé à me tuer parce que, mettons... j'ai fait une découverte qui entache d'un terrible déshonneur le nom des Chevenix-Gore. Ce n'est pas très convaincant, d'accord, mais cela peut suffire.

» Ceci posé, qu'est-ce que je fais ? Je gribouille sur un bout de papier le mot *désolé*. Oui, c'est tout à fait possible. Puis j'ouvre un tiroir du bureau, je sors le revolver, je le charge s'il ne l'est pas déjà, et alors... est-ce que je me tire une balle dans la tête ? Non. Je commence par faire pivoter mon fauteuil, comme ceci... je me penche un peu sur la droite, comme cela... je porte enfin le revolver à ma tempe, et feu !

Poirot bondit de son fauteuil comme un ressort, pivota sur ses talons et demanda :

— Cela ressemble à quoi, je vous le demande ? Pourquoi faire pivoter le fauteuil ? S'il y avait eu un tableau au mur — un portrait par exemple — alors là, oui, il aurait pu y avoir une explication. Il aurait pu désirer que ce soit la dernière chose qu'il voie avant de mourir. Mais un rideau... Ah non, ça, je vous en fiche mon billet, ça n'a ni queue ni tête.

— Il aurait pu vouloir regarder par la fenêtre. Jeter un dernier coup d'œil à son domaine.

— Mon très cher ami, vous n'y croyez pas vous-même. Cela n'a aucun sens, vous le savez très bien. A 8 h 8, il faisait nuit et, de toute façon, les rideaux étaient tirés. Non, il doit y avoir une autre explication...

— Pour moi, il n'y en a qu'une : Gervase Chevenix-Gore était fou.

Poirot secoua la tête, l'air peu satisfait.

Le major Riddle se leva.

— Venez, dit-il. Allons interroger les autres. Nous obtiendrons peut-être quelque chose par ce biais-là.

6

Après les difficultés rencontrées avec le témoignage de lady Chevenix-Gore, le major Riddle éprouva un énorme soulagement à se trouver face à un homme de loi aussi sagace que Forbes.

Si Mr Forbes savait se montrer d'une extrême prudence dans ses déclarations, ses réponses allaient toujours droit à l'essentiel.

Il admit bien volontiers que le suicide de sir Gervase l'avait profondément secoué. Jamais il n'aurait cru que sir Gervase était homme à se supprimer. Il ne voyait aucune raison qui aurait pu l'amener à commettre un tel acte.

— Sir Gervase n'était pas seulement un client, c'était un très vieil ami. Je le connaissais depuis l'enfance. Et je peux vous garantir qu'il avait toujours aimé la vie.

— Etant donné les circonstances, Mr Forbes, je

dois vous demander de me répondre avec la plus grande franchise. Sir Gervase avait-il quelque sujet d'ennui ou d'inquiétude caché ?

— Non. Il avait de petits soucis, comme tout le monde, mais rien de grave.

— Pas de maladies ? Pas de différends avec sa femme ?

— Non, sir Gervase et lady Chevenix-Gore étaient très attachés l'un à l'autre.

— Lady Chevenix-Gore semble avoir des idées assez... curieuses, avança le major Riddle avec précaution.

Mr Forbes sourit en homme indulgent.

— Les femmes du monde ont droit à leurs toquades...

— Vous vous occupiez de toutes les affaires de sir Gervase ? poursuivit le chef de la police locale.

— Oui. Mon étude, Forbes, Ogilvie & Spence, travaille pour la famille Chevenix-Gore depuis plus de cent ans.

— Y a-t-il eu des... scandales dans cette famille ?

Mr Forbes haussa les sourcils.

— Je ne suis pas sûr de vous comprendre...

— Monsieur Poirot, voulez-vous montrer à Mr Forbes la lettre que vous m'avez fait lire ?

Poirot se leva en silence et tendit la lettre à Mr Forbes en s'inclinant légèrement.

Mr Forbes la lut et haussa encore un peu plus les sourcils.

— Que voici une lettre étonnante ! Je comprends votre question, à présent. Eh bien, non, à ma connaissance, rien ne justifiait ce courrier.

— Sir Gervase ne vous a rien dit à ce sujet ?

— Rien du tout. Je trouve d'ailleurs cela très curieux.

— Il avait l'habitude de se confier à vous ?

— J'aime à croire qu'il se fiait à mon jugement.

— Et vous ne savez absolument pas à quoi cette lettre fait allusion ?

— Je ne voudrais pas me livrer à des spéculations hasardeuses.

Le major Riddle apprécia la subtilité de la réponse.

— Maintenant, Mr Forbes, peut-être pouvez-vous nous dire comment sir Gervase a disposé de ses biens ?

— Certainement. Je n'y vois aucune objection. Sir Gervase a laissé à sa femme une rente annuelle de six mille livres, imputable sur le revenu du domaine, ainsi que le choix entre Dower House et la maison de Lowndes Square, en ville, selon ses préférences. Il y a bien sûr différents legs, mais aucun de nature exceptionnelle. Le reste de ses biens revient à Ruth, sa fille adoptive, à condition que, si elle se marie, son époux prenne le nom de Chevenix-Gore.

— Il ne laisse rien à son neveu Mr Hugo Trent.

— Si. Un legs de cinq mille livres.

— Et je suppose que sir Gervase était riche ?

— Extrêmement riche. Outre son domaine, il possédait une énorme fortune personnelle. Bien sûr, il ne roulait plus autant sur l'or que par le passé. La majeure partie de ses investissements avaient souffert de la Crise. Par-dessus le marché, sir Gervase avait mis pas mal de liquidités dans une société, la Paragon Synthetic Rubber Substitute, dans laquelle le colonel Bury l'avait persuadé d'investir de fortes sommes.

— Ce n'était pas un conseil avisé ?

Mr Forbes soupira.

— Les militaires à la retraite sont les victimes rêvées quand ils se lancent dans des opérations financières. Leur crédulité excède de beaucoup celle des veuves — ce qui n'est pas peu dire.

— Mais ces investissements malheureux n'ont pas sérieusement affecté ses revenus ?

— Oh, non, pas sérieusement. Il était encore très riche.

— Quand ce testament a-t-il été rédigé ?

— Il y a deux ans.

— Ces dispositions n'étaient-elles pas injustes envers son neveu, Mr Hugo Trent ? murmura Poirot. Après tout, par le sang, c'est le parent le plus proche de sir Gervase.

Mr Forbes haussa les épaules.

— Il faut tenir compte, dans une certaine mesure, de l'histoire de la famille.

— Par exemple... ?

Mr Forbes paraissait peu désireux de continuer sur ce chapitre.

— Ne pensez pas que nous cherchons à tout prix à attiser de vieux scandales ou quoi que ce soit de ce genre, déclara le major Riddle. Mais cette lettre de sir Gervase à M. Poirot a besoin d'être expliquée.

— L'attitude de sir Gervase envers son neveu ne s'explique pas par un quelconque scandale, s'empressa de dire Mr Forbes. Tout simplement, sir Gervase a toujours pris très au sérieux son rôle de chef de famille. Il avait un frère cadet et une sœur. Son frère, Anthony Chevenix-Gore, a été tué à la guerre. Sa sœur, Pamela, s'est mariée, ce que sir Gervase a désapprouvé. Ou plutôt, il estimait qu'elle aurait dû d'abord lui demander son consentement. Il pensait que la famille du capitaine Trent n'était pas d'un rang digne de s'allier aux Chevenix-Gore. Sa sœur n'avait fait que rire de son attitude. En conclusion de quoi sir Gervase n'a jamais aimé son neveu. C'est cette antipathie, je pense, qui l'a conduit à adopter un enfant.

— Il n'avait pas d'espoir d'en avoir un à lui ?

— Non. Ils ont eu un bébé mort-né environ un an après leur mariage. Les médecins ont prévenu lady Chevenix-Gore qu'elle ne pourrait pas avoir d'autres enfants. Deux ans après, ils ont adopté Ruth.

— Et qui était miss Ruth ? Comment en sont-ils arrivés à jeter leur dévolu sur elle ?

— C'était la fille de parents éloignés, je crois.

— Ça, je l'aurais deviné, dit Poirot en regardant les portraits de famille accrochés au mur. On peut voir qu'ils sont tous liés par le sang : le nez, la forme du menton... ces caractéristiques se retrouvent souvent sur le mur.

— Elle a aussi hérité de leur caractère, remarqua Mr Forbes, pince-sans-rire.

— J'en ai bien l'impression. Comment s'entendait-elle avec son père adoptif ?

— Comme vous pouvez le penser. Leurs volontés se heurtaient souvent avec fureur. Mais en dépit de ces querelles, une harmonie sous-jacente régnait entre eux.

— Néanmoins, elle lui causait des soucis ?

— Elle lui en causait sans cesse. Mais pas au point de le pousser au suicide, je peux vous l'assurer.

— Ah ! ça, non, bien sûr ! approuva Poirot. On ne se brûle pas la cervelle parce qu'on a une fille qui joue les fortes têtes ! Ainsi, mademoiselle hérite ! Sir Gervase n'a jamais songé à modifier son testament ?

Mr Forbes toussota pour masquer son trouble.

— Hum ! En fait, en arrivant ici, il y a deux jours, j'ai reçu des instructions de sir Gervase, pour la rédaction d'un nouveau testament.

— Qu'est-ce que c'est que cette histoire ? s'exclama le major Riddle en rapprochant sa chaise. Vous ne nous avez pas parlé de ça.

— Vous vous êtes bornés à me demander quels étaient les termes du testament de sir Gervase, répliqua Mr Forbes. J'ai répondu à votre question. Le nouveau testament n'était pas encore définitivement rédigé, et encore moins signé.

— Quelles en étaient les dispositions ? Cela peut nous éclairer sur l'état d'esprit de sir Gervase.

— En gros, elles étaient les mêmes qu'avant, mais miss Chevenix-Gore ne devait hériter qu'à la condition d'épouser Mr Hugo Trent.

— Ah, ah ! fit Poirot. Mais il y a là une différence fondamentale.

— Je n'approuvais pas cette clause, déclara Mr Forbes. Et je me suis senti obligé de lui faire remar-

174

quer qu'elle pouvait être contestée avec succès. Les tribunaux n'apprécient guère ces legs conditionnels. Mais, quoi qu'il en soit, sir Gervase y était décidé.

— Et si miss Chevenix-Gore — ou, incidemment, Mr Trent — refusait de s'y soumettre ?

— Si Mr Trent ne voulait pas épouser miss Chevenix-Gore, l'argent lui revenait à elle, sans condition. Mais s'*il* acceptait et si c'était *elle* qui refusait, c'est lui qui héritait de tout.

— Drôle d'histoire, marmonna Riddle.

Poirot se pencha et tapota le genou de l'homme de loi.

— Qu'est-ce qui se cache derrière tout ça ? Qu'est-ce que sir Gervase avait derrière la tête en posant cette condition ? Ce devait être quelque chose de bien précis... L'image d'un autre homme, peut-être... un homme qui ne lui plaisait pas. Je pense, Mr Forbes, que vous devez savoir de qui il s'agit.

— Je ne sais rien, monsieur Poirot, je vous l'assure.

— Mais vous pouvez risquer une supposition ?

— Je ne fais jamais de suppositions, répliqua Mr Forbes, scandalisé.

Il ôta son pince-nez et l'essuya avec un mouchoir de soie.

— Y a-t-il autre chose que vous souhaitiez encore savoir ? interrogea-t-il.

— Pas pour le moment, répondit Poirot. Pour ma part, tout au moins.

Avec l'air de penser qu'à son avis, cette part, c'était moins que rien, Mr Forbes attendit la réaction du chef de la police.

— Merci, Mr Forbes. Ce sera tout. J'aimerais, si possible, parler à miss Chevenix-Gore.

— Certainement. Je crois qu'elle est là-haut avec lady Chevenix-Gore.

— Ah, bon, dans ce cas, je m'entretiendrai d'abord avec — comment s'appelle-t-il déjà ? — Burrows, et avec la spécialiste en histoires de famille.

— Ils sont tous les deux dans la bibliothèque. Je vais les prévenir.

7

— Rude tâche, gémit le major Riddle après le départ du notaire. Soutirer des renseignements à ces vieux gardiens de la loi d'un autre âge, il y a de quoi devenir cinglé à son tour. Tout tourne autour de la fille, on dirait.

— Ça m'en a tout l'air, oui.

— Ah, voilà Burrows.

Godfrey Burrows entra avec l'empressement de qui brûle de se rendre utile. Son sourire — tempéré, avec tact, d'un soupçon de tristesse — ne découvrait qu'un petit peu trop de dents. Un sourire plus machinal que spontané.

— Nous désirons vous poser quelques questions, Mr Burrows.

— Certainement, major. Tout ce que vous voudrez.

— D'abord et avant tout, pour aller à l'essentiel, avez-vous une idée personnelle concernant le suicide de sir Gervase ?

— Rigoureusement aucune. J'ai subi là le plus grand choc de mon existence.

— Vous avez entendu le coup de feu ?

— Non. Je pense que je devais être dans la bibliothèque. J'étais descendu assez tôt pour aller chercher une référence dont j'avais besoin. Et comme la bibliothèque est à l'autre bout de la maison, il était exclu que j'entende quoi que ce soit.

— Il y avait quelqu'un avec vous dans la bibliothèque ? demanda Poirot.

— Pas un chat.

— Savez-vous où étaient les autres à ce moment-là ?

— Sans doute en haut, en train de s'habiller, pour la plupart.

— Quand vous êtes-vous rendu dans le salon ?

— Juste avant l'arrivée de M. Poirot. Tout le monde était là... à part sir Gervase, bien entendu.

— Avez-vous trouvé étrange qu'il n'y soit pas ?

— En fait, oui. Il était toujours au salon avant le premier coup de gong.

— Avez-vous remarqué un changement dans l'attitude de sir Gervase ces derniers temps ? Etait-il soucieux ? Anxieux ? Déprimé ?

Godfrey Burrows réfléchit.

— Non... je ne crois pas. Un peu... préoccupé, peut-être.

— Mais il n'avait pas l'air soucieux à propos de quelque chose de précis ?

— Oh, non.

— Pas de soucis financiers d'aucune sorte ?

— La mauvaise marche d'une société l'inquiétait un peu. La Paragon Synthetic Rubber Company, pour être précis.

— Qu'en disait-il au juste ?

Le sourire machinal de Godfrey Burrows réapparut, aussi artificiel que précédemment.

— Eh bien, en fait, voilà ce qu'il disait : « Ce vieux Bury, c'est soit un imbécile, soit une fripouille. Je pencherais plutôt pour l'imbécile. Mais il faut que je le ménage, par égard pour Vanda. »

— Et pourquoi disait-il « par égard pour Vanda » ? s'enquit Poirot.

— Eh bien, vous voyez, lady Chevenix-Gore aimait beaucoup le colonel Bury, et lui l'adorait. Il la suivait partout, comme un petit chien.

— Sir Gervase n'était pas jaloux ?

— Jaloux ? s'exclama Burrows en riant. Sir Gervase jaloux ? Il n'aurait pas su comment s'y prendre ! Il n'aurait jamais pu se mettre dans la tête qu'on puisse lui préférer un autre homme. Une chose pareille, c'était inimaginable, vous comprenez ?

— J'ai comme l'impression que vous n'aimiez pas beaucoup sir Chevenix-Gore, murmura Poirot.

Burrows rougit.

— Oh, si ! Mais... ma foi, ce genre de choses paraît plutôt ridicule de nos jours.

— Quel genre de choses ?

— Eh bien, cette attitude féodale, si vous voulez. Son culte des ancêtres et son arrogance. Sir Gervase était un homme de valeur à bien des égards, et il avait eu une vie très intéressante, mais il aurait été encore plus intéressant s'il n'avait pas été si égocentrique et nombriliste.

— Sa fille partageait votre point de vue sur ce point ?

Burrows rougit de nouveau. Il vira au rouge brique, cette fois.

— Miss Chevenix-Gore me fait l'effet d'une jeune personne éprise de modernisme. Et il va de soi que je n'irais pas discuter de son père avec elle.

— Nos jeunes gens modernes remettent pourtant beaucoup leurs pères en question, justement, remarqua Poirot. Critiquer ses parents, c'est l'essence même du modernisme.

Burrows haussa les épaules.

— Et à part ça ? lui demanda le major Riddle. Rien de plus ? Pas d'autres soucis financiers ? Vous n'avez jamais entendu sir Gervase se plaindre d'avoir été escroqué ?

— Escroqué ? s'exclama Burrows, abasourdi. Oh, non !

— Et vous, personnellement, vous étiez en bons termes avec lui ?

— Certainement. Pourquoi pas ?

— C'est la question que je vous pose, Mr Burrows.

Le jeune homme prit un air maussade.

— Nous étions dans les meilleurs termes.

— Saviez-vous que sir Gervase avait écrit à M. Poirot pour lui demander de venir ?

— Non.

— D'habitude, sir Gervase écrivait ses lettres lui-même ?

— Non, il me les dictait presque toujours.

— Mais il ne l'a pas fait, cette fois-ci ?

— Non.

— Pourquoi, à votre avis ?

— Je n'en ai aucune idée.

— Vous ne voyez pas pour quelle raison il aurait écrit cette lettre lui-même ?

— Non, je ne vois pas.

— Ah ! fit le major Riddle, qui ajouta, sans appuyer : C'est curieux... Quand avez-vous vu sir Gervase pour la dernière fois ?

— Juste avant de m'habiller pour le dîner. Je lui avais apporté quelques lettres à signer.

— Comment était-il à ce moment-là ?

— Tout à fait normal. En fait, je dirais même qu'il paraissait très content de lui.

Poirot s'agita un peu sur son siège.

— Ah ! fit-il. Ainsi, vous avez eu cette impression ? Il se réjouissait de quelque chose ? Et pourtant, peu de temps après, il se tire une balle dans la tête. C'est bizarre, ça !

Burrows haussa les épaules.

— Je n'ai fait état que d'une impression tout ce qu'il y a de plus personnelle.

— Oui, bien sûr, mais elle n'en a pas moins infiniment de valeur. Après tout, vous êtes sans doute la dernière personne à avoir vu sir Gervase vivant.

— C'est Snell qui a été le dernier à le voir.

— A le voir, certes, mais pas à lui parler.

Burrows ne releva pas.

— A quelle heure êtes-vous monté vous habiller pour le dîner ? demanda Riddle.

— Vers 7 h 5.

— Que faisait sir Gervase ?

— Il était dans son bureau quand je l'ai quitté.

— Combien de temps mettait-il à se changer, d'habitude ?

— Il se donnait généralement trois bons quarts d'heure.

— Donc, si le dîner était à 8 heures un quart, il aurait dû monter à 7 heures et demie au plus tard ?

— Sans doute.

— Vous-même, vous êtes allé vous changer de bonne heure ?

— Oui, je l'ai fait pour pouvoir aller chercher dans la bibliothèque des renseignements dont j'avais besoin.

Poirot hocha la tête d'un air songeur.

— Eh bien, ce sera tout pour le moment, déclara Riddle. Voulez-vous nous envoyer miss... euh... Machin-chouette ?

La petite miss Lingard entra presque aussitôt d'un pas léger. Elle portait plusieurs chaînes en sautoir qui tintèrent quand elle s'assit. Elle regarda tour à tour les deux hommes d'un air interrogateur.

— Tout cela est bien... euh... triste, miss Lingard, commença le major Riddle.

— Très triste, en effet, répondit miss Lingard ainsi qu'il convient en pareil cas.

— Vous êtes dans cette maison depuis... quand ?

— Environ deux mois. Sir Gervase avait écrit à un de ses amis au Museum — le colonel Fortheringay — et le colonel Fortheringay m'a recommandée à lui. J'avais déjà effectué pas mal de travaux de recherche historique.

— Avez-vous trouvé difficile de travailler avec sir Gervase ?

— Pas vraiment. Bien sûr, il fallait le ménager un peu. Mais c'est toujours le cas avec les hommes.

Avec le sentiment désagréable que miss Lingard était en train de le ménager, le major Riddle poursuivit :

— Vous deviez aider sir Gervase à écrire son livre ?

— Oui.

— En quoi consistait ce travail ?

180

L'espace d'un instant, miss Lingard eut l'air presque humaine.

— En fait, vous savez, cela consistait à écrire le livre ! répondit-elle, l'œil brillant. Je rassemblais la documentation, je faisais des annotations, je préparais la matière de l'ouvrage. Et puis, ensuite, je révisais tout ce que sir Gervase avait écrit.

— Il a dû vous falloir une bonne dose de tact, mademoiselle, remarqua Poirot.

— De tact et de fermeté. Il faut les deux.

— Et sir Gervase acceptait de bon gré votre... euh... fermeté ?

— Bien sûr. Evidemment, je lui faisais valoir qu'il n'avait pas à se casser la tête avec des broutilles.

— Ah, oui, je comprends.

— Ça n'avait rien de sorcier, au fond, poursuivit miss Lingard. Quand on savait le prendre, sir Gervase était facile à manœuvrer.

— Maintenant, miss Lingard, avez-vous connaissance de quoi que ce soit qui pourrait éclairer cette tragédie ?

— J'ai bien peur que non. Evidemment, il ne se serait jamais confié à moi. J'étais une étrangère. Et de toute façon, je suis persuadée qu'il était bien trop fier pour parler à quiconque de ses problèmes familiaux.

— Vous estimez donc que ce sont des problèmes familiaux qui l'ont poussé à mettre fin à ses jours ?

Miss Lingard eut l'air plutôt surprise.

— Mais cela va de soi ! Vous avez une autre explication ?

— Vous êtes certaine qu'il était préoccupé par des problèmes familiaux ?

— Je sais qu'il était très tourmenté.

— Ah, vous savez ça ?

— Evidemment !

— Dites-moi, mademoiselle, a-t-il abordé ce sujet avec vous ?

— Pas de manière explicite.

— Que vous a-t-il dit ?

— Laissez-moi réfléchir. J'ai trouvé qu'il n'avait pas l'air de comprendre un traître mot de ce que je lui disais...

— Un instant. Je vous demande pardon. C'était quand, ça ?

— Cet après-midi. Nous travaillions d'habitude de 3 à 5.

— Continuez, je vous en prie.

— Comme je le disais, sir Gervase avait du mal à se concentrer... D'ailleurs, il l'a reconnu lui-même, et il a ajouté que son esprit était la proie de plusieurs graves problèmes. Et il a dit aussi... attendez... quelque chose comme (je ne suis pas certaine que ce soient les mots exacts) : « C'est une chose terrible, miss Lingard, que de voir le déshonneur s'abattre sur une famille qui faisait l'orgueil de son pays. »

— Et qu'avez-vous répondu ?

— Oh, deux ou trois banalités destinées à l'apaiser. Je crois que je lui ai dit que chaque génération produisait son lot de vauriens, que c'était une des rançons de la grandeur, mais que la postérité se rappelait rarement leurs faiblesses.

— Et ça l'a calmé, comme vous l'espériez ?

— Plus ou moins. Nous nous sommes replongés dans la vie de sir Roger Chevenix-Gore. J'avais découvert qu'on faisait allusion à lui dans un manuscrit contemporain. Mais l'esprit de sir Gervase vagabondait. A la fin, il a déclaré forfait pour l'après-midi. Il m'a dit qu'il avait eu un choc.

— Un choc ?

— C'est ce qu'il a dit. Evidemment, je n'ai pas posé de questions. Je me suis bornée à répondre : « J'en suis navrée, sir Gervase. » Ensuite, il m'a demandé de prévenir Snell que M. Poirot allait arriver, qu'il fallait repousser le dîner à 8 heures un quart et envoyer la voiture au train de 19 h 15.

— Il vous demandait souvent de veiller sur ce genre de dispositions ?

— Ma foi... non. C'était l'affaire de Mr Burrows. Je ne m'occupais que de mes travaux littéraires. Je n'étais pas une secrétaire, quelle que soit l'acception que l'on donne à ce mot.

— Vous pensez que sir Gervase avait une raison particulière de vous demander à vous, plutôt qu'à Mr Burrows, de transmettre ses ordres ? demanda Poirot.

Miss Lingard réfléchit.

— Ma foi, il a peut-être eu... Je n'y ai pas songé sur le moment. Je me suis contentée de me dire que ça s'était trouvé comme ça. Mais maintenant que j'y pense, c'est vrai qu'il m'avait demandé de ne parler à personne de l'arrivée de M. Poirot. Cela devait être une surprise, avait-il même ajouté.

— Tiens ! C'est ce qu'il a dit ? Très curieux, très intéressant. Et en avez-vous parlé à quelqu'un ?

— Evidemment pas, monsieur Poirot. J'ai dit à Snell de reculer le dîner et d'envoyer le chauffeur chercher un monsieur qui arrivait par le train de 19 h 15.

— Sir Gervase a-t-il dit autre chose qui pourrait avoir un rapport avec la situation ?

Miss Lingard réfléchit.

— Non... je ne crois pas... il était très tendu... je me souviens qu'au moment où je partais il a dit : « *Non que sa venue serve à quelque chose, maintenant. Il est trop tard.* »

— Vous n'avez pas idée de ce qu'il entendait par là ?

— N... non.

Il n'y avait guère eu qu'un soupçon d'hésitation sur cette dénégation.

— *Trop tard*, répéta Poirot, le sourcil froncé. C'est bien ce qu'il a dit ? *Trop tard...*

Le major Riddle intervint :

— Vous n'avez aucune idée de ce qui tourmentait tellement sir Gervase ?

Miss Lingard prit son temps pour répondre :

— J'incline à penser que c'était en rapport avec Mr Hugo Trent.

— Mr Hugo Trent ? Qu'est-ce qui vous fait croire ça ?

— Ma foi, rien de bien précis, mais hier après-midi nous en étions venus à aborder sir Hugo de Chevenix — qui, disons-le tout net, ne s'est guère montré à son avantage pendant la guerre des Deux Roses — et sir Gervase a grommelé : « Et ma sœur qui choisit justement ce prénom-là pour son fils ! C'est un prénom qui n'a jamais réussi à notre famille. Elle aurait dû savoir qu'un Hugo ne donnerait jamais rien de bon. »

— Ce que vous nous dites là donne à réfléchir, remarqua Poirot. Oui, cela me suggère une nouvelle idée.

— Sir Gervase n'a rien indiqué de plus précis ? demanda le major Riddle.

Miss Lingard secoua la tête.

— Non, et il aurait été mal venu de ma part de poser des questions. En réalité, sir Gervase se parlait à lui-même. Il ne s'adressait pas vraiment à moi.

— Evidemment.

— Mademoiselle, intervint Poirot, vous qui êtes étrangère à la famille mais qui résidez ici depuis deux mois, si vous nous donniez franchement vos impressions sur la maisonnée ? Je suis certain que cela nous serait d'une extrême utilité.

Miss Lingard ôta son pince-nez et cligna des paupières, pensive.

— Pour être tout à fait franche, je me suis crue, au début, tombée dans une maison de fous ! Avec d'un côté lady Chevenix-Gore qui voyait sans cesse des choses qu'elle était seule à voir, et de l'autre sir Gervase qui se comportait comme... comme un roi, et qui se mettait lui-même en scène de façon extravagante... Je me voyais vraiment chez les gens les plus bizarres que j'avais jamais rencontrés. Bien sûr, miss Chevenix-Gore était tout à fait normale, et je me suis vite aperçue que lady Chevenix-Gore était une femme d'une grande bonté et d'une extrême gentillesse. Personne n'aurait pu être aussi bon et gentil qu'elle avec moi. Quant à sir Gervase... ma foi, je pense vraiment qu'il était bel et bien fou. Son égocentrisme — c'est le mot, je crois ? — empirait de jour en jour.

— Et les autres ?

— J'imagine que la vie n'était pas toujours rose pour Mr Burrows. Je pense qu'il n'était pas fâché de nous voir occupés à ce livre, ce qui lui permettait de respirer un peu. Le colonel Bury était toujours charmant. Il se mettait en quatre pour lady Chevenix-Gore et savait très bien s'y prendre avec sir Gervase. Mr Trent, Mr Forbes et miss Cardwell ne sont là que depuis quelques jours, alors, forcément, je ne sais pas grand-chose sur leur compte.

— Merci, mademoiselle. Et le capitaine Lake, celui qui gère le domaine ?

— Oh, il est très adorable. Il plaît à tout le monde.

— Il plaisait aussi à sir Gervase ?

— Oh, oui. Je l'ai entendu dire que Lake était le meilleur régisseur qu'il ait jamais eu. Bien sûr, le capitaine Lake devait en voir de toutes les couleurs avec sir Gervase, mais dans l'ensemble, il s'en tirait très bien. Et Dieu sait que ce n'était pas facile.

Pensif, Poirot hocha la tête et murmura :

— Je voulais vous demander quelque chose... quelque chose qui m'était venu à l'esprit... un détail... De quoi pouvait-il bien s'agir ?

Patiente, miss Lingard ne broncha pas.

Poirot secoua la tête, vexé.

— Zut ! Je l'ai sur le bout de la langue !

Le major Riddle attendit lui aussi une minute. Puis comme Poirot, perplexe, continuait à froncer les sourcils, il poursuivit l'interrogatoire.

— Quand avez-vous vu sir Gervase pour la dernière fois ?

— A l'heure du thé, ici même.

— Comment était-il alors ? Normal ?

— Aussi normal qu'il pouvait l'être.

— L'atmosphère était tendue ?

— Non, tout le monde était comme d'habitude.

— Où sir Gervase est-il allé après le thé ?

— Il a emmené Mr Burrows avec lui dans son bureau, comme toujours.

— Et c'est la dernière fois que vous l'avez vu ?

— Oui. Je suis allée dans le cabinet où je travaille et j'ai tapé un chapitre à partir de notes que j'avais revues avec sir Gervase. A 7 heures, je suis montée me reposer et m'habiller pour le dîner.

— Vous avez entendu le coup de feu, si j'ai bien compris ?

— Oui. J'étais ici. J'ai entendu un bruit qui ressemblait à une détonation et je suis sortie dans le hall. Il y avait là Mr Trent et miss Cardwell. Mr Trent a demandé à Snell s'il y avait du champagne au dîner, et ils en ont plaisanté. Il ne nous est pas venu à l'idée de prendre la chose au sérieux. Nous étions sûrs qu'il s'agissait du pot d'échappement d'une voiture.

— Avez-vous entendu Mr Trent dire qu'il restait encore l'hypothèse du meurtre ? demanda Poirot.

— Je crois qu'il a dit quelque chose dans ce genre-là — en plaisantant, bien sûr.

— Que s'est-il passé ensuite ?

— Nous sommes tous entrés ici.

— Vous souvenez-vous dans quel ordre les autres étaient descendus ?

— Miss Chevenix-Gore a été la première, je pense, suivie de Mr Forbes. Puis le colonel Bury et lady Chevenix-Gore ensemble, et Mr Burrows tout de suite après. Mais je n'en suis pas sûre parce qu'ils sont plus ou moins arrivés tous en même temps.

— Rassemblés par le premier coup de gong ?

— Oui. On se dépêchait toujours quand on l'entendait. Le soir, sir Gervase était terriblement pointilleux sur l'heure.

— Et lui, à quelle heure descendait-il généralement ?

— Il était presque toujours dans le salon avant le premier coup de gong.

— Avez-vous été surprise qu'il n'y soit pas, cette fois-ci ?

— Très.

— Ah, j'y suis ! s'écria Poirot.

Comme les deux autres le regardaient d'un air interrogateur, il poursuivit :

— Je me souviens de ce que je voulais vous demander. Ce soir, mademoiselle, alors que nous nous dirigions tous vers le bureau après avoir appris par Snell qu'il était fermé à clef, vous vous êtes arrêtée pour ramasser quelque chose.

— Moi ?

Miss Lingard paraissait très étonnée.

— Oui, juste au coin du corridor qui mène au bureau. Quelque chose de petit et de brillant.

— C'est incroyable... je ne m'en souviens pas. Ah, mais si... attendez une minute ! Je n'y pensais plus. Laissez-moi voir... il doit être là-dedans.

Elle ouvrit son sac en satin noir et en versa le contenu sur une table.

Poirot et le major Riddle examinèrent ces objets avec intérêt. Il y avait là deux mouchoirs, un poudrier, un petit trousseau de clefs, un étui à lunettes... et un objet sur lequel Poirot se précipita.

— Nom de nom ! Une balle ! s'écria le major.

L'objet avait en effet la forme d'une balle, mais ce n'était, tout compte fait, qu'un petit porte-mine.

— Voilà ce que j'ai ramassé, expliqua miss Lingard. Je l'avais complètement oublié.

— Savez-vous à qui il appartient, miss Lingard ?

— Oh oui, au colonel Bury. Il l'a fait exécuter à partir d'une balle qui l'avait frappé... ou plutôt qui ne l'avait pas frappé — si vous voyez ce que je veux dire — pendant la guerre en Afrique du Sud.

— Quand l'avez-vous vu en sa possession pour la dernière fois ?

— Il l'avait cet après-midi quand ils ont joué au bridge. J'avais remarqué qu'il s'en servait pour marquer les scores quand je suis arrivée pour le thé.

— Qui jouait au bridge ?

— Le colonel Bury, lady Chevenix-Gore, Mr Trent et miss Cardwell.

— Nous allons le garder et nous le rendrons nous-mêmes au colonel, dit Poirot.

— Oh, je vous en prie. Je suis si distraite que je serais encore capable de l'oublier.

— Auriez-vous l'amabilité, mademoiselle, de demander au colonel Bury de venir ici ?

— Certainement. Je vais vous le chercher tout de suite.

Elle se dépêcha de sortir. Poirot se leva et se mit à déambuler sans but dans la pièce.

— Nous commençons à pouvoir reconstituer l'après-midi, déclara-t-il. C'est intéressant. A 2 heures et demie, sir Gervase s'occupe des comptes avec le capitaine Lake. *Il est légèrement préoccupé.* A 3 heures il discute du livre qu'il est en train d'écrire avec miss Lingard. *Il est très tourmenté.* Miss Lingard attribue son souci à Hugo Trent sur la foi d'une remarque fortuite. A l'heure du thé, *son comportement est normal.* Après le thé, Godfrey Burrows nous dit qu'il se réjouissait de quelque chose. A 8 heures moins 5, il descend, va dans son bureau, griffonne « *désolé* » sur un bout de papier, et se tire une balle dans la tête !

Le major Riddle prit son temps pour répondre :

— Je vois où vous voulez en venir. Ça ne tient pas debout, en effet.

— Sir Gervase Chevenix-Gore a de singuliers changements d'humeur ! Il est préoccupé, il est gravement tourmenté, il est normal, il est enchanté ! C'est très curieux ! Et ses paroles : « *Trop tard.* » J'arriverai ici « trop tard ». Ma foi, c'est bien vrai, ça. Je suis arrivé trop tard... *pour le voir vivant.*

— Je comprends. Vous pensez vraiment que... ?

— Je ne saurai jamais pourquoi sir Gervase m'a fait venir ! Voilà ce qui est sûr.

Poirot allait et venait toujours dans la pièce. Il remit quelques objets en place sur la cheminée, examina une table de jeu poussée contre le mur, ouvrit le tiroir et en sortit des marques de bridge. Il alla ensuite jusqu'au bureau et jeta un coup d'œil dans la corbeille. Il ne s'y trouvait rien qu'un sac en papier. Il le prit, le renifla, marmonna : « Oranges », le défroissa et lut : « Carpenter & Fils, Fruitiers, Hamborough St. Mary. » Il était en train de le plier soigneusement en carrés quand le colonel Bury entra.

8

Le colonel se laissa tomber dans un fauteuil, secoua la tête, soupira et dit :

— Effroyable affaire, Riddle. Lady Chevenix-Gore est merveilleuse, merveilleuse ! C'est une femme sensationnelle ! Une grande dame ! Pleine de courage !

Retournant lentement vers son siège, Poirot demanda :

— Vous la connaissez depuis de longues années, je crois ?

— En effet. J'ai assisté à son premier bal. Elle avait dans les cheveux des boutons de rose, je m'en souviens comme si c'était hier. Et elle portait une robe blanche à frous-frous. Personne ne lui arrivait à la cheville !

Sa voix vibrait d'enthousiasme. Poirot lui tendit le porte-mine.

— C'est à vous, je crois ?

— Hein ? Quoi ? Oh, merci ! Je l'avais encore cet après-midi quand nous avons joué au bridge. C'est stupéfiant, vous savez. J'ai eu un cent d'honneur à pique trois fois de suite ! Ça ne m'était jamais arrivé.

— Vous avez joué au bridge avant le thé, si j'ai bien compris, dit Poirot. Dans quel état d'esprit se trouvait sir Gervase quand il vous a rejoint ?

— Normal, tout à fait normal. Je n'aurais jamais imaginé qu'il pensait à en finir. Il était peut-être un peu plus nerveux que d'habitude, maintenant que j'y pense.

— Quand l'avez-vous vu pour la dernière fois ?

— Eh bien, à ce moment-là ! A l'heure du thé. Le pauvre vieux, je ne l'ai plus revu vivant.

— Vous n'êtes pas allé dans son bureau, après le thé ?

— Non, je ne l'ai plus revu.

— A quelle heure êtes-vous descendu pour le dîner ?

— Après le premier coup de gong.

— Vous êtes descendu avec lady Chevenix-Gore ?

— Non... nous... euh... nous nous sommes rencontrés dans le hall. Je crois qu'elle était allée dans la salle à manger, soigner les fleurs — ou quelque chose comme ça.

Le major Riddle intervint :

— Ne m'en veuillez pas de vous poser une question personnelle, colonel Bury. Avez-vous jamais eu des différends avec sir Gervase à propos de la Paragon Synthetic Rubber Company ?

Le visage du colonel Bury s'empourpra. Il répondit, bredouillant un peu :

— Pas du tout. Pas du tout. Le vieux Gervase n'était pas un individu raisonnable. Il ne faut pas l'oublier. Il s'attendait toujours à ce que tout ce qu'il touche se transforme en or ! Il ne comprenait pas que le monde entier traversait une crise. Toutes les valeurs en étaient affectées.

— Il existait donc bien des différends entre vous ?

— Aucun différend. Il n'y avait que le fichu manque de bon sens de Gervase !

— Il vous reprochait les pertes qu'il avait subies ?

— Gervase n'était pas normal. Vanda en était consciente. Mais elle arrivait toujours à le tenir en main. C'est avec soulagement que je m'en remettais à elle.

Poirot toussota et le major Riddle, après lui avoir jeté un coup d'œil, changea de sujet.

— Je sais que vous êtes un très vieil ami de la famille, colonel. Avez-vous une idée de la façon dont sir Gervase a disposé de ses biens ?

— Bah ! J'imagine que la plus grosse part reviendra à Ruth. C'est ce que j'ai cru comprendre.

— Vous ne trouvez pas que c'est injuste envers Hugo Trent ?

— Gervase n'aimait pas Hugo. Il n'a jamais pu le souffrir.

— Mais il avait le sens de la famille. Et, après tout, miss Chevenix-Gore n'était que sa fille adoptive.

Le colonel Bury hésita, puis, après avoir tourné un instant autour du pot, se décida à déclarer :

— Ecoutez, je crois qu'il y a quelque chose que je ferais mieux de vous dire. Mais c'est strictement confidentiel.

— Bien sûr, bien sûr.

— Ruth est illégitime, mais c'est une vraie Chevenix-Gore. Elle est la fille du frère de Gervase, Anthony, qui est mort à la guerre. Il semble qu'il ait eu une liaison avec une dactylo. Quand il est mort, celle-ci a écrit à Vanda. Vanda est allée la voir. La fille attendait un bébé. Vanda en a parlé à Gervase, elle venait d'apprendre qu'elle ne pourrait plus avoir d'enfant. En conséquence, ils ont pris l'enfant en charge à sa naissance et l'ont adoptée légalement. La mère a renoncé à tous ses droits sur elle. Ils ont élevé Ruth comme leur propre fille et, à tous égards, elle est leur fille. Il suffit de la regarder pour voir que c'est une vraie Chevenix-Gore !

— Tiens, tiens ! fit Poirot. Je comprends. Voilà qui rend l'attitude de sir Gervase beaucoup plus claire. Mais s'il n'aimait pas Mr Hugo Trent, pourquoi tenait-il tant à ce qu'il épouse miss Ruth ?

— Pour régulariser la situation familiale. Cela satisfaisait son besoin de voir tout bien en place.

— Même s'il n'aimait pas le jeune homme ou n'avait pas confiance en lui ?

Le colonel émit quelques borborygmes.

— Vous ne comprenez pas le vieux Gervase. Il ne considérait pas les gens comme des êtres humains. Il arrangeait des alliances comme si les parties en présence étaient des personnages de sang royal. Etant donné la situation, il convenait que Ruth épouse Hugo et que Hugo prenne le nom de Chevenix-Gore. Ce que Ruth et Hugo pouvaient bien en penser n'entrait pas en ligne de compte.

— Miss Ruth était-elle disposée à souscrire à cet arrangement ?

Le colonel Bury éclata de rire.

— Pas elle ! C'est une virago !

— Saviez-vous que juste avant sa mort, sir Gervase rédigeait un nouveau testament selon lequel miss Chevenix-Gore n'héritait qu'à la condition d'épouser Mr Trent ?

Le colonel Bury émit un sifflement.

— Alors, il avait bel et bien eu vent de ce que Burrows et elle...

A peine prononcées, il aurait voulu rattraper ses paroles, mais trop tard. Poirot avait déjà bondi sur l'information.

— Il y avait quelque chose entre miss Ruth et Mr Burrows ?

— Probablement rien... rien du tout.

Le major Riddle toussota.

— J'estime, colonel Bury, que vous devriez nous dire tout ce que vous savez. Cela pourrait avoir eu une influence directe sur l'état d'esprit de sir Gervase.

— Ça n'est pas impossible, répondit le colonel, dubitatif. Bon, la vérité c'est que le jeune Burrows est un garçon plutôt bien de sa personne — du moins les femmes ont l'air de le penser. Ruth et lui s'entendaient comme larrons en foire, ces derniers temps, et cela ne plaisait pas à Gervase. Cela ne lui plaisait pas du tout. Il n'osait pas se risquer à flanquer Burrows à la porte de peur de précipiter les choses. Il savait de quoi Ruth était capable. Elle ne se serait jamais laissé dicter sa conduite. Alors, il a trouvé ce stratagème. Ruth n'est pas le genre de fille à tout sacrifier à l'amour. Elle aime la vie à grandes guides, et elle ne crache pas sur l'argent.

— Et en ce qui vous concerne, Mr Burrows vous plaît-il ?

Le colonel Bury émit l'opinion que Godfrey Burrows n'était guère talon rouge et l'avait même plutôt crotté — déclaration qui laissa Poirot pantois mais fit sourire le major Riddle dans sa moustache.

Après avoir répondu à quelques autres questions, le colonel Bury prit congé.

Riddle lança un coup d'œil à Poirot qui semblait absorbé dans ses pensées.

— Qu'est-ce que vous dites de tout ça, monsieur Poirot ?

Le petit homme balaya l'air de ses mains.

— Je crois que j'entrevois un plan — un plan mûrement réfléchi.

— L'affaire n'est pas simple, remarqua Riddle.

— Pas simple du tout. Mais plus ça va, plus une phrase, prononcée à la légère, me paraît significative.

— Laquelle ?

— Celle qu'a dite Mr Trent en plaisantant et selon laquelle « restait encore l'hypothèse du meurtre »...

— C'est une idée fixe, répliqua vertement Riddle. C'est dans cette direction que votre cœur balance depuis le début.

— Ne trouvez-vous pas, mon bon ami, que plus nous en apprenons, moins nous voyons de justification à un suicide ? En revanche, pour un meurtre, nous commençons à avoir une jolie collection de mobiles.

— N'oubliez quand même pas les faits : la porte verrouillée, la clef dans la poche du mort. Oh ! je sais que les moyens ne manquent pas : épingles tordues, ficelles, astuces en tous genres. Je ne nie pas que ce soit du domaine du *possible*. Mais est-ce que ça peut vraiment marcher ? Voilà ce que je mets en doute.

— Quoi qu'il en soit, examinons la situation du point de vue d'un meurtre, pas d'un suicide.

— Bon, d'accord. D'ailleurs, puisque vous faites partie de la distribution, il ne peut s'agir que d'un crime !

Poirot eut un sourire fugitif.

— Je n'aime pas beaucoup cette remarque...

Puis il redevint sérieux :

— Bien, examinons cette affaire du point de vue d'un meurtre. On entend un coup de feu, quatre personnes sont dans le hall : miss Lingard, Hugo Trent, miss Cardwell et Snell. Où sont les autres ?

» A l'en croire, Burrows est dans la bibliothèque. Personne ne peut le confirmer. Les autres sont en principe dans leur chambre, mais qui sait s'ils y sont vraiment ? Il semble que chacun soit descendu de son côté. Même lady Chevenix-Gore et le colonel Bury ne se sont rencontrés que dans le hall. Elle venait de la salle à manger. D'où venait Bury ? Peut-être d'en haut, mais *du bureau* ? Il y a ce porte-mine.

» Oui, ce porte-mine est intéressant. Bury n'a manifesté aucune émotion quand je le lui ai montré, mais c'est peut-être parce qu'il ne sait pas où je l'ai trouvé et qu'il ignorait même l'avoir perdu. Voyons, qui d'autre jouait au bridge quand il s'en est servi ? Hugo Trent et miss Cardwell. Ils sont tous les deux hors de cause. Miss Lingard et le maître d'hôtel peuvent confirmer leurs alibis. La quatrième était lady Chevenix-Gore.

— On ne peut pas sérieusement la suspecter.

— Pourquoi pas, mon bon ami ? Moi, je suis prêt à soupçonner tout le monde ! Supposons qu'en dépit de son apparente dévotion pour son mari, ce soit le fidèle Bury qu'elle aime, en réalité ?

— Hum ! fit Riddle. D'une certaine manière, ils formaient une espèce de ménage à trois depuis des années.

— Et il y a eu des différends entre sir Gervase et le colonel Bury à propos de cette société.

— Il est vrai que sir Gervase avait peut-être l'intention de devenir vraiment méchant. Nous ne connaissons pas les tenants et les aboutissants de cette affaire. Cela pourrait avoir un rapport avec la convocation que vous avez reçue. Mettons que sir Gervase soupçonnait Bury de l'escroquer, mais qu'il ne voulait pas que cela se sache parce qu'il soupçonnait sa femme d'y être mêlée. Oui, c'est possible. Ça leur donne à chacun un mobile vraisemblable. Et à dire vrai, c'est tout de même étrange que lady Chevenix-Gore prenne la mort de son mari avec tant de sérénité. Toute cette histoire d'esprits n'est peut-être qu'une comédie !

— Et puis il y a une complication supplémentaire, remarqua Poirot. Miss Chevenix-Gore et Burrows. Ils avaient tout intérêt à ce que sir Gervase ne signe pas son nouveau testament. Pour l'instant, elle hérite de tout à condition que son mari adopte le nom de la famille...

— Oui, sans compter que la façon dont Burrows a dépeint l'attitude de sir Gervase est on ne peut plus louche. De très bonne humeur, enchanté de quelque chose ! Ça ne colle pas avec tout ce qu'on nous a dit par ailleurs !

— Et il y a aussi Mr Forbes. Des plus corrects, des plus sérieux, appartenant à une étude bien établie depuis longtemps. Mais les hommes de loi, même les plus respectables, sont connus pour détourner l'argent de leurs clients quand ils ont un trou à combler.

— Là, vous y allez un peu fort, Poirot !

— Vous croyez qu'on ne voit cela que dans les films ? Mais la vie ressemble souvent de façon frappante à un film.

— Cela a été le cas, jusqu'ici, dans le Westshire, convint le major Riddle. Mais nous ferions mieux d'en finir avec les interrogatoires, vous ne pensez

pas ? Il se fait tard et nous n'avons pas encore
entendu Ruth Chevenix-Gore. C'est sans doute le
personnage le plus important du lot.

— D'accord. Il y a aussi miss Cardwell. On pourrait peut-être la voir d'abord. Cela ne prendra pas longtemps, et nous interrogerons miss Chevenix-Gore en
dernier.

— Bonne idée.

9

Jusque-là, Poirot n'avait accordé qu'un bref regard
à Susan Cardwell. Maintenant, il l'examinait plus
attentivement. Elle avait un visage intelligent, pas
vraiment joli mais dont il se dégageait un charme
que plus d'une belle fille lui aurait envié. Elle avait
des cheveux magnifiques et était maquillée avec art.
Seuls ses yeux indiquaient qu'elle était sur ses
gardes.

Après quelques questions préliminaires, le major
Riddle demanda :

— Etes-vous une amie très proche de la famille,
miss Cardwell ?

— Je ne les connais pas du tout. C'est Hugo qui
s'est arrangé pour me faire inviter.

— Vous êtes une amie de Hugo Trent, alors ?

— Oui, c'est bien ça. La petite amie de Hugo, précisa Susan Cardwell en souriant.

— Vous le connaissez depuis longtemps ?

— Oh, non. Depuis un mois, à peu près.

Après un silence, elle ajouta :

— Nous sommes sur le point de nous fiancer.

— Et il vous a fait venir pour vous présenter à sa
famille ?

— Oh, mon Dieu, non, rien de pareil. Nous
tenions ça ultra-secret. Je suis venue pour
reconnaître le terrain. Hugo m'avait dit que cela res-

semblait à une maison de fous. J'ai eu envie de voir ça de mes yeux. Hugo, le pauvre chéri, est un amour mais il n'a pas pour deux sous de cervelle. Ma situation était plutôt critique, vous savez. Ni Hugo ni moi n'avons d'argent, et le vieux Gervase — le seul espoir de Hugo — s'était mis en tête de le marier à Ruth. Comme Hugo est un faible, il aurait pu consentir à ce mariage en se disant qu'il couperait les liens plus tard.

— Et cette idée n'était pas de votre goût, mademoiselle ? demanda gentiment Poirot.

— Pas du tout. Ruth aurait pu faire des caprices, refuser le divorce, que sais-je ? Alors j'ai été catégorique. Pas d'expédition à St Paul, Knightsbridge, tant que je ne pourrai pas y être moi-même, tremblante et une gerbe de lis dans les bras.

— Sur quoi vous avez décidé de venir étudier la situation vous-même ?

— Exact.

— Et alors ? fit Poirot.

— Evidemment, Hugo avait raison. Toute la famille est mûre pour l'asile de fous ! Sauf Ruth, qui m'a l'air d'avoir les pieds sur terre. Elle a un flirt de son côté et ne tient pas plus que moi à ce mariage.

— Vous voulez parlez de Mr Burrows ?

— Burrows ? Bien sûr que non. Ruth ne s'enticherait jamais d'un pareil fantoche !

— Dans ce cas, qui est l'objet de son affection ?

Susan Cardwell prit son temps. Elle sortit une cigarette, l'alluma et déclara enfin :

— Vous feriez mieux de le lui demander. Après tout, ce ne sont pas mes affaires.

Le major Riddle se racla la gorge :

— Quand avez-vous vu sir Gervase pour la dernière fois ?

— A l'heure du thé.

— Son attitude vous a-t-elle frappée d'une manière quelconque ?

— Pas plus que d'habitude.

— Qu'avez-vous fait après le thé ?

— J'ai joué au billard avec Hugo.

— Vous n'avez pas revu sir Gervase ?

— Non.

— Et ce coup de feu ?

— Ça a été assez bizarre. J'étais persuadée que le premier coup de gong avait retenti, alors je me suis dépêchée de m'habiller, je suis sortie en vitesse de ma chambre et, croyant entendre le second coup de gong, j'ai descendu l'escalier quatre à quatre. Le premier soir, j'étais arrivée avec une minute de retard au dîner, et Hugo m'avait dit que j'avais failli anéantir toutes mes chances auprès du vieux, alors j'accourais à fond de train. Hugo était juste devant moi, et puis tout à coup il y a eu un drôle de pop ! bang ! et il a dit que c'était un bouchon de champagne, mais Snell a rétorqué que non, et de toute façon je n'ai pas cru une seconde que ça venait de la salle à manger. Miss Lingard pensait que ça venait d'en haut, mais quoi qu'il en soit, nous sommes tombés d'accord pour dire qu'il s'agissait des ratés d'une voiture, nous sommes tous entrés dans le salon et nous avons oublié l'incident.

— Il ne vous est pas un instant venu à l'idée que sir Gervase avait pu se suicider ? demanda Poirot.

— Comment imaginer une chose pareille, je vous le demande ? L'Ancêtre paraissait tellement ravi de faire de l'esbroufe... Non seulement ça ne m'est pas venu à l'idée, mais je ne comprends toujours pas pourquoi il l'a fait. Juste parce qu'il était cinglé, j'imagine.

— C'est un drame infiniment regrettable.

— Infiniment... pour Hugo et pour moi. Il paraît qu'il n'a rien laissé à Hugo, ou pratiquement rien.

— Qui vous a dit ça ?

— Hugo l'a appris par le vieux Forbes.

— Eh bien, miss Cardwell... (le major Riddle s'interrompit un instant), je crois que ce sera tout. Vous pensez que miss Chevenix-Gore se sent assez bien pour venir nous parler ?

— Oh, il me semble, oui. Je vais la prévenir.

Poirot intervint.

— Un moment, mademoiselle. Avez-vous déjà vu ça ?

Il lui tendit le porte-mine-projectile.

— Oh oui. Nous nous en sommes servis au bridge, cet après-midi. Il appartient au colonel Bury, je crois.

— L'a-t-il emporté à la fin de la partie ?

— Je n'en ai pas la moindre idée.

— Merci, mademoiselle. Ce sera tout.

— Je vais tout droit prévenir Ruth.

Ruth Chevenix-Gore fit une entrée royale. Tête haute et teint coloré. Mais ses yeux, comme ceux de Susan Cardwell, étaient aux aguets. Elle portait la même robe que lorsque Poirot était arrivé. D'un léger ton abricot. Avec une rose couleur saumon piquée à l'épaule. Fraîche, épanouie une heure plus tôt, celle-ci piquait à présent du nez.

— Eh bien ? s'enquit-elle.

— Croyez bien que je suis navré de vous importuner..., préluda le major.

Elle l'interrompit :

— Il va de soi que vous êtes obligé de m'importuner. Vous êtes obligé d'importuner tout le monde. Mais je vais vous faire gagner du temps. J'ignore absolument pourquoi l'Ancêtre s'est suicidé. Tout ce que je peux vous dire, c'est que ça ne lui ressemble pas.

— Avez-vous remarqué une anomalie dans son comportement, aujourd'hui ? Etait-il déprimé, ou particulièrement nerveux, ou quoi que ce soit d'anormal ?

— Je ne pense pas. Je n'ai pas fait attention...

— Quand l'avez-vous vu pour la dernière fois ?

— A l'heure du thé.

Poirot intervint :

— Vous n'êtes pas allée dans son bureau... plus tard ?

— Non. La dernière fois que je l'ai vu, c'était dans cette pièce. Il était assis là.

Elle leur indiqua un fauteuil.

— Je vois. Connaissez-vous ce porte-mine, made-moiselle ?

— C'est celui du colonel Bury.

— L'avez-vous vu récemment ?

— Je ne m'en souviens pas.

— Etes-vous au courant d'un... différend entre sir Gervase et le colonel Bury ?

— A propos de la Paragon Rubber Company ?

— Oui.

— Vous pensez ! L'Ancêtre était fou de rage !

— Il considérait peut-être qu'on l'avait filouté ?

Ruth haussa les épaules.

— Il ne connaissait pas le b-a-ba de la finance.

Poirot reprit la parole.

— Puis-je vous poser une question, mademoi-selle... une question assez inconvenante ?

— Certainement, si vous y tenez.

— La voici : êtes-vous triste que... que votre père soit mort ?

Elle le dévisagea, les yeux écarquillés.

— Bien sûr que je suis triste. Je ne me complais pas dans le mélodrame. Mais il me manquera... J'avais beaucoup de tendresse pour l'Ancêtre. C'est comme ça que nous l'appelions, Hugo et moi. « L'Ancêtre »... Ça tient un peu du singe-anthropoïde-patriarche-des-origines-de-la-tribu. Ça paraît irrespectueux, mais en vérité, ça recouvre beaucoup d'affection. Cela dit, il était vraiment le plus parfait enquiquineur et l'esprit le plus ramolli que la terre ait jamais porté.

— Vous m'intéressez, mademoiselle.

— L'Ancêtre n'avait pas plus de cervelle qu'un pou ! Navrée d'avoir à vous le dire, mais c'est vrai. Il était incapable de ne pas penser de travers. Mais croyez-moi, c'était quand même un personnage. D'une bravoure fantastique et tout ce que vous vou-drez. Il pouvait aussi bien partir pour le Pôle que se battre en duel. J'ai beaucoup pensé que s'il se fâchait si souvent, c'est parce qu'il savait que ses facultés intellectuelles n'étaient pas à la hauteur. Parce que sur ce plan-là, n'importe qui lui aurait damé le pion.

Poirot sortit la lettre de sa poche :

— Lisez ça, mademoiselle.

Elle la parcourut et la lui rendit.

— Voilà donc ce qui vous a amené ici !

— Cette lettre vous suggère-t-elle quelque chose ? Elle secoua la tête.

— Non. C'est probablement vrai. N'importe qui aurait pu le dépouiller, ce pauvre chou. John affirme que le précédent régisseur l'avait roulé dans les grandes largeurs. C'est que l'Ancêtre, voyez-vous, était si gonflé de son importance qu'il ne s'abaissait jamais à entrer dans ces détails sordides. Ça faisait de lui le pigeon idéal, la proie rêvée des escrocs en tout genre.

— Vous en dressez un portrait bien différent de l'image que tout le monde a de lui, mademoiselle.

— Oh, il se camouflait à merveille. Vanda — ma mère — l'épaulait de toutes ses forces. Il était si heureux de se faire passer pour le Tout-Puissant ! C'est pourquoi, dans un sens, je suis contente qu'il soit mort. C'est ce qui pouvait lui arriver de mieux.

— Je crains de ne pas vous suivre tout à fait, mademoiselle.

— Sa mégalomanie ne faisait que croître et embellir, répondit Ruth, rêveuse. La bouillie de son cerveau aussi. Un de ces jours, on aurait été obligé de l'enfermer... Les gens jasaient déjà...

— Saviez-vous, mademoiselle, qu'il envisageait de signer un testament par lequel vous n'héritiez que si vous épousiez Mr Trent ?

— Quelle absurdité ! s'écria-t-elle. Je suis sûre que c'est contraire à la loi... Je suis sûre qu'on ne peut imposer un mari à personne.

— S'il avait vraiment signé ce testament, vous seriez-vous soumise à cette clause, mademoiselle ?

Elle le dévisagea, ahurie.

— Je... je...

Elle s'interrompit. Pendant une ou deux minutes, elle resta indécise, les yeux fixés sur l'escarpin qui se balançait au bout de son pied. Un petit peu de terre se détacha du talon et tomba sur le tapis.

— Attendez ! s'écria-t-elle soudain.

Elle se leva et sortit en courant. Elle revint presque aussitôt avec le capitaine Lake.

— De toute façon, cela finira par se savoir, déclara-t-elle, hors d'haleine. Autant que vous le sachiez tout de suite. John et moi nous nous sommes mariés à Londres il y a trois semaines.

10

Des deux, c'était le capitaine Lake le plus embarrassé.

— C'est une grande surprise, miss Chevenix-Gore... Mrs Lake, devrais-je dire, déclara le major Riddle. Personne n'a été au courant de ce mariage ?

— Non, nous l'avons gardé secret. Ce qui ne plaisait pas du tout à John.

Lake intervint, bredouillant un peu :

— Je... je sais que ce n'est pas une manière de faire. J'aurais dû aller voir sir Gervase...

Ruth l'interrompit :

— ... pour lui demander la main de sa fille, te faire flanquer dehors à coups de pied, à la suite de quoi il m'aurait probablement déshéritée, aurait fait trembler toute la maison... et nous, nous aurions pu nous féliciter l'un l'autre d'avoir eu une conduite irréprochable ! Crois-moi, ma manière était la bonne. Ce qui est fait, est fait. Il aurait quand même poussé des hurlements, mais il aurait fini par l'accepter.

Lake n'avait pas quitté son air malheureux. Poirot demanda :

— Quand aviez-vous l'intention d'annoncer la nouvelle à sir Gervase ?

— Je préparais le terrain, répondit Ruth. Il nous suspectait, John et moi, alors je faisais semblant de m'intéresser à Godfrey. Evidemment, ça le mettait dans tous ses états. Et je me disais que la nouvelle de mon mariage avec John arriverait presque comme un soulagement !

— Personne au monde ne sait que vous êtes mariés ?

— Si, j'ai fini par en parler à Vanda. Je voulais l'avoir de mon côté.

— Et vous avez réussi ?

— Oui. Elle ne voyait pas d'un très bon œil mon mariage avec Hugo... parce qu'il était mon cousin, j'imagine. Elle trouvait sans doute que la famille était déjà assez toquée comme ça, et que nous risquions d'avoir des enfants définitivement toqués cette fois. Ce qui est probablement ridicule puisque j'ai été adoptée, vous savez. Je suis la fille d'une espèce de très lointain cousin.

— Vous êtes sûre que sir Gervase ne soupçonnait pas la vérité ?

— Oh, oui.

— Est-ce vrai, capitaine Lake ? intervint Poirot. Vous êtes certain qu'il n'en a pas été question au cours de votre entretien avec sir Gervase, cet après-midi ?

— Non, monsieur. Nous n'en avons pas parlé.

— Parce que, voyez-vous, capitaine Lake, nous croyons savoir que sir Gervase était dans un état de grande irritation après vous avoir vu et qu'il a prononcé plusieurs fois le mot de déshonneur.

— Nous n'avons pas abordé ce sujet, répéta Lake. Il était devenu livide.

— C'est la dernière fois que vous avez été en présence de sir Gervase ?

— Oui, je vous l'ai déjà dit.

— Où étiez-vous ce soir à 8 h 8 ?

— Où j'étais ? Chez moi. Au bout du village, à environ huit cents mètres d'ici.

— Vous n'êtes pas venu à Hamborough Close vers cette heure-là ?

— Non.

Poirot se tourna vers Ruth.

— Et vous, mademoiselle, où étiez-vous lorsque votre père s'est suicidé ?

— Dans le jardin.

— Dans le jardin ? Et vous avez entendu le coup de feu ?

— Oh, oui. Mais je n'y ai pas fait très attention. Je me suis dit que quelqu'un tirait le lapin — bien que je me souvienne maintenant que le bruit m'avait paru très proche.

— Vous êtes rentrée dans la maison... par où ?

— Par cette porte-fenêtre.

Ruth lui indiqua d'un signe de tête celle qui se trouvait derrière elle.

— Il y avait quelqu'un ?

— Non. Mais Hugo, Susan et miss Lingard sont arrivés du hall presque aussitôt. Ils parlaient détonations, meurtres, et trucs dans ce goût-là.

— Je comprends, dit Poirot. Oui, je crois que je comprends, maintenant...

Plutôt sceptique, le major Riddle déclara :

— Bon... euh... merci. Je pense que ce sera tout pour l'instant.

Ruth sortit avec son mari.

— Que diable vient faire... commença par s'emporter le major avant de s'interrompre pour se mettre à geindre : Suivre le fil de cette histoire devient de plus en plus difficile de minute en minute !

Poirot hocha la tête. Il avait ramassé la petite particule de terre tombée de l'escarpin de Ruth et l'examinait d'un air songeur.

— C'est comme le miroir brisé, sur le mur, dit-il. Le miroir du mort. Chaque fait nouveau que nous rencontrons nous montre le défunt sous un angle différent. Il se reflète de tous les points de vue. Nous en aurons bientôt une image complète.

Il se leva et jeta, maniaque, son petit restant de terre dans la corbeille à papier.

— Je vais vous dire une chose, mon bon ami. La clef de tout ce mystère, c'est le miroir. Allez dans le bureau et voyez vous-même, si vous ne me croyez pas.

— Si c'est un meurtre, à vous de le prouver, décréta le major Riddle, péremptoire. Pour moi, je n'en démords pas, il s'agit d'un suicide. Avez-vous remarqué ce que la fille a dit au sujet du régisseur précédent qui aurait entourloupé sir Gervase ? Je parie que Lake a raconté cette histoire pour cacher son propre jeu. Il se sucrait sans doute un peu lui-même, et sir Gervase, qui s'en doutait, vous a fait venir parce qu'il ne savait pas jusqu'où les choses étaient allées entre Ruth et lui. Et puis, cet après-midi, Lake lui a avoué qu'ils étaient mariés. Sir Gervase en a été brisé. Il était « trop tard », maintenant, pour faire quoi que ce soit. Alors, il a décidé d'en finir. Au mieux de sa forme, il n'était déjà pas très équilibré, mais cette fois les plombs ont sauté. Que pouvez-vous opposer à ça ?

Poirot s'était immobilisé au milieu de la pièce.

— Je n'ai rien à opposer à votre théorie... sinon qu'elle ne va pas assez loin. Il y a des faits dont vous ne tenez pas compte.

— Par exemple ?

— Les changements d'humeur de sir Gervase, la découverte du porte-mine du colonel Bury, le témoignage de miss Cardwell — qui est très important — le témoignage de miss Lingard concernant l'ordre dans lequel les gens sont descendus dîner, la position du fauteuil de sir Gervase, le sac en papier qui avait contenu des oranges et, enfin, la piste capitale du miroir brisé.

Le major Riddle le foudroya du regard.

— Est-ce que vous voudriez me faire croire que ce galimatias a un sens ?

— J'espère y parvenir... d'ici demain, répliqua Poirot de son ton le plus suave.

11

L'aube venait de poindre quand Poirot se réveilla le lendemain. On lui avait attribué une chambre orientée à l'est.

Il sortit du lit, tira le rideau et constata avec satisfaction que le soleil était levé et que la matinée s'annonçait belle.

Il entreprit de s'habiller avec la méticulosité qu'il mettait en tout. Sa toilette terminée, il s'enveloppa d'un épais manteau et s'enroula une écharpe autour du cou.

Puis il sortit de sa chambre sur la pointe des pieds, et descendit dans le silence jusqu'au salon. Là, il ouvrit sans bruit la porte-fenêtre et passa dans le jardin.

Le soleil brillait à peine. L'air était encore chargé de brume, de cette brume annonciatrice de beau temps. Hercule Poirot suivit jusqu'aux fenêtres du bureau de sir Gervase la terrasse qui faisait le tour de la maison. Là, il s'arrêta et examina les alentours.

Juste devant les fenêtres courait une bande de gazon parallèle à la maison. Venait ensuite une double plate-bande d'herbacées. Les asters d'automne y faisaient encore bonne figure. Partant de la pelouse, une bande de gazon partageait la plate-bande en deux. Poirot l'examina avec un grand soin, secoua la tête, et tourna son attention vers les deux côtés de la plate-bande.

Lentement, il hocha la tête. Dans la plate-bande de droite, très nettes sur le terreau humide, il y avait des empreintes de pas.

Comme il les examinait, sourcils froncés, un bruit lui fit relever brusquement la tête.

Une fenêtre s'était ouverte au-dessus de lui. Il aperçut une chevelure rousse. Puis, auréolé de ce flamboiement, le visage intelligent de Susan Cardwell.

— Que diable faites-vous à une heure aussi indue, monsieur Poirot ? Un brin d'enquête ?

Poirot s'inclina de l'air le plus galant du monde.

— Bonjour, mademoiselle. Oui, comme vous dites. Vous êtes en train de contempler un détective — un grand détective, oserai-je préciser — en train de détecter.

La déclaration était un peu ostentatoire. Susan pencha la tête de côté.

— Il faudra que je pense à en parler dans mes mémoires, dit-elle. Dois-je venir vous aider ?

— J'en serais enchanté.

— Je vous avais pris pour un cambrioleur. Par où êtes-vous sorti ?

— Par la porte-fenêtre du salon.

— Une minute et je suis à vous.

Aussitôt dit, aussitôt fait. Pour autant qu'elle put en juger, Poirot n'avait pas bougé d'un pouce depuis qu'elle l'avait aperçu de sa fenêtre.

— Vous êtes bien matinale, mademoiselle.

— Je n'ai pas bien dormi. Je commençais juste à éprouver ce sentiment de désespoir qui vous guette sur le coup des 5 heures du matin.

— Il n'est pas si tôt que ça !

— C'est tout comme ! Alors, super-détective, qu'est-ce que vous regardez comme ça ?

— Voyez vous-même, mademoiselle. Des traces de pas.

— En effet.

— Il y en a quatre, poursuivit Poirot. Je vous les montre : deux qui se dirigent vers la fenêtre, deux qui en reviennent.

— A qui appartiennent-elles ? Au jardinier ?

— Mademoiselle, mademoiselle ! Ces empreintes

ont été faites par les fragiles petites chaussures à talon d'une femme. Regardez. Pour vous en convaincre, vous n'avez qu'à poser votre pied sur la terre, à côté.

Susan hésita un instant, puis posa son pied avec précaution à l'endroit indiqué par Poirot. Elle portait de petites mules de cuir marron à talons hauts.

— Vous voyez, les vôtres sont presque de la même taille. Presque, mais pas tout à fait. Les autres sont plus longues. Ce sont celles de miss Chevenix-Gore, peut-être, ou de miss Lingard... ou encore de lady Chevenix-Gore.

— Non, lady Chevenix-Gore a le pied très menu. A l'époque on y arrivait — à se faire de petits pieds, j'entends. Et miss Lingard porte de drôles de machins à talons plats.

— Alors, ce sont les empreintes de miss Chevenix-Gore. Ah, oui, je me rappelle, elle m'a dit qu'elle était sortie dans le jardin hier soir !

Il fit mine d'entraîner Susan vers la maison.

— Nous enquêtons toujours ? lui demanda-t-elle.

— Mais bien entendu. Nous allons dans le bureau de sir Gervase, à présent.

Susan Cardwell lui emboîta le pas.

La porte pendait toujours lamentablement. La pièce était comme ils l'avaient laissée la nuit dernière. Poirot tira les rideaux pour faire entrer le jour.

Il resta un moment à contempler la plate-bande. Puis il dit :

— J'imagine, mademoiselle, que vous n'avez pas beaucoup de relations chez les cambrioleurs ?

Susan Cardwell secoua la tête d'un air de regret.

— Hélas, non, monsieur Poirot.

— Le chef de la police non plus n'entretient guère de relations amicales avec eux. Il n'a jamais, avec la gent criminelle, que des rapports strictement officiels. Moi, ce n'est pas mon cas. J'ai un jour eu une très agréable conversation avec un cambrioleur. Il m'a appris une chose très intéressante sur les

208

portes-fenêtres... un truc qu'on peut employer parfois, quand la fermeture a assez de jeu.

En parlant, il abaissa la poignée de la porte-fenêtre de gauche. La crémone sortit de son orifice dans le sol, de sorte que Poirot put tirer les deux battants vers lui. Il les ouvrit en grand, puis les referma sans relever la poignée pour ne pas faire descendre la crémone dans son trou. Il lâcha ensuite la poignée, attendit un instant, et donna un petit coup sec dans le centre de la crémone. La secousse la fit rentrer dans le sol — et la poignée se releva d'elle-même.

— Vous voyez, mademoiselle ?

— Je crois, oui.

Susan avait pâli.

— La porte-fenêtre est maintenant fermée. Il est impossible d'*entrer* dans une pièce quand la porte-fenêtre est fermée, mais il est parfaitement possible d'en *sortir*, de tirer les battants à soi de l'extérieur, de frapper ensuite comme je viens de le faire, et la crémone va se ficher dans le sol en entraînant la poignée. La porte-fenêtre est alors bien fermée et quiconque l'examine dira qu'elle a été fermée de l'*intérieur*.

— Est-ce... est-ce... ce qui s'est passé hier soir ? demanda Susan d'une voix un peu tremblante.

— Oui, j'en suis persuadé, mademoiselle.

— Je n'en crois pas un mot ! s'écria Susan avec violence.

Poirot ne répondit pas. Il alla jusqu'à la cheminée et se retourna tout d'un coup.

— Mademoiselle, j'ai besoin de vous comme témoin. J'ai déjà un témoignage, celui de Mr Trent. Il m'a vu trouver ce petit morceau de miroir la nuit dernière. Je lui en ai parlé. Je l'ai laissé à sa place pour la police. J'ai même expliqué au major que le miroir cassé constituait une piste intéressante. Maintenant vous êtes témoin que je place cet éclat de verre — sur lequel j'ai déjà attiré l'attention de

Mr Trent, rappelez-vous — dans une petite enveloppe... Voilà, dit-il en joignant le geste à la parole. Et j'écris dessus... Voilà, et je la cachette. Vous êtes témoin, mademoiselle ?

— Oui... mais... mais je ne comprends pas ce que cela signifie.

Poirot alla jusqu'à l'autre extrémité de la pièce. Debout devant le bureau, il resta les yeux fixés sur le miroir brisé accroché au mur, en face de lui.

— Je vais vous dire ce que cela signifie, mademoiselle. Si vous vous étiez trouvée là hier soir, et que vous aviez regardé dans le miroir, vous y auriez vu *un meurtre en train de se commettre...*

12

Pour une fois dans sa vie, Ruth Chevenix-Gore — désormais Ruth Lake — descendit prendre son petit déjeuner à l'heure. Poirot, qui se trouvait dans le hall, l'arrêta avant qu'elle n'entre dans la salle à manger.

— J'ai une question à vous poser, madame.

— Oui ?

— Vous êtes allée dans le jardin, hier soir. Avez-vous marché à un moment quelconque sur la plate-bande qui se trouve devant le bureau de sir Gervase ?

Ruth écarquilla les yeux.

— Oui. Deux fois.

— Ah ! Deux fois ! Comment ça, deux fois ?

— La première, c'est quand j'ai cueilli des asters. Il devait être environ 7 heures.

— N'est-ce pas une heure bien singulière pour cueillir des fleurs ?

— Oui, c'est vrai. J'avais arrangé les fleurs hier matin, mais après le thé, Vanda m'a fait remarquer que celles de la salle à manger n'étaient pas assez belles. Je pensais qu'elles tiendraient encore et ne les avais pas remplacées par des fraîches.

— Sur quoi votre mère vous a demandé d'en cueillir d'autres. C'est bien ça ?

— Oui. Je suis donc sortie juste avant 7 heures. Je les ai prises dans cette plate-bande parce que personne ne va jamais par là : ce n'est pas grave si on gâche un peu le point de vue.

— Oui, oui, mais la deuxième fois ? Vous avez dit que vous y êtes allée une deuxième fois.

— C'était juste avant le dîner. J'avais fait tomber de la brillantine sur ma robe, près de l'épaule. Je n'avais pas envie de me changer et aucune de mes fleurs artificielles n'allait avec le jaune de cette robe. Je me suis rappelé avoir vu une rose tardive quand j'avais cueilli les asters, alors je suis allée à toute vitesse la couper et je l'ai épinglée à mon épaule.

Poirot hocha la tête.

— Oui, je me souviens que vous portiez une rose, hier soir. Quelle heure était-il quand vous avez cueilli cette rose, madame ?

— Je n'en sais trop rien.

— Mais c'est essentiel, madame. Pensez-y... réfléchissez.

Ruth fronça les sourcils. Elle jeta un rapide coup d'œil à Poirot, et détourna de nouveau les yeux.

— Je ne saurais vous dire au juste, déclara-t-elle enfin. Il devait être... ah, oui, bien sûr... il devait être environ 8 h 5. C'est en retournant vers la maison que j'ai entendu le gong, et puis ce fameux bang. Je me suis dépêchée parce que j'ai cru qu'il s'agissait du second coup de gong.

— Ah, c'est ça que vous avez pensé... Et vous n'avez pas eu l'idée de passer par la porte-fenêtre du bureau, puisque vous étiez en face ?

— En fait, si. J'ai pensé qu'elle serait ouverte et que ce serait plus rapide par là. Mais elle était fermée de l'intérieur.

— Ainsi tout s'explique. Je vous félicite, madame.

Elle le dévisagea.

— Que voulez-vous dire ?

— Que vous avez une explication pour tout. Pour la terre sur vos chaussures, pour l'empreinte de vos pieds sur la plate-bande, et pour celle de vos doigts à l'extérieur de la porte-fenêtre. Voilà qui arrange bien les choses.

Avant que Ruth ait pu répliquer, miss Lingard déboucha de l'escalier en courant. Elle avait les joues bizarrement rouges et parut un peu surprise de trouver Poirot et Ruth ensemble.

— Oh, je vous demande pardon ! dit-elle. Quelque chose ne va pas ?

— Je crois que M. Poirot est devenu fou ! répondit Ruth, hors d'elle.

Elle les quitta pour se ruer dans la salle à manger. Stupéfaite, miss Lingard tourna vers Poirot un regard interrogateur.

Celui-ci secoua la tête.

— Je vous expliquerai tout après le petit déjeuner, déclara-t-il. Je voudrais que tout le monde se réunisse dans le bureau de sir Gervase à 10 heures.

Il réitéra sa demande en entrant dans la salle à manger.

Susan Cardwell jeta à Poirot, puis à Ruth, un rapide coup d'œil. Et quand Hugo Trent s'exclama :

— Hein ? Qu'est-ce que ça signifie ?
elle lui décocha un vigoureux coup de coude dans les côtes. Obéissant, il se tut.

Son déjeuner terminé et avant de s'en aller, Poirot tira de son gousset une grosse montre démodée et déclara :

— Il est 10 heures moins 5. D'ici cinq minutes... dans le bureau.

Poirot promena son regard autour de lui. Et ce regard, le cercle de visages attentifs le lui rendit. Tout le monde était là, remarqua-t-il, à une exception près. A l'instant même, ladite exception se coula dans la pièce de son étrange pas aérien. Lady

Chevenix-Gore avait l'air hagard et plutôt mal en point.

Poirot lui avança un grand fauteuil.

Elle s'assit, leva les yeux sur le miroir brisé, frissonna et tourna un peu son siège.

Poirot s'éclaircit la gorge.

— Je vous ai demandé à tous de venir afin d'entendre la vérité sur le suicide de sir Gervase, annonça-t-il.

— C'est le Destin, dit lady Chevenix-Gore. Gervase était fort, mais son Destin s'est montré plus fort encore.

Le colonel Bury s'approcha d'elle.

— Vanda... mon petit...

Elle lui sourit et leva la main. Il la prit dans la sienne.

— Vous êtes d'un tel réconfort, Ned, murmura-t-elle d'une voix douce.

— Devons-nous comprendre, monsieur Poirot, intervint Ruth d'un ton âpre, que vous avez établi avec certitude les causes du suicide de mon père ?

Poirot secoua la tête.

— Non, madame.

— Alors à quoi rime toute cette mascarade ?

— Je ne connais pas les causes du suicide de sir Gervase Chevenix-Gore, répondit Poirot sans se démonter, *pour l'excellente raison que sir Chevenix-Gore ne s'est pas suicidé.* Il ne s'est pas donné la mort. Il a été assassiné.

— Assassiné ? s'écrièrent en écho plusieurs voix.

Des visages stupéfaits se tournèrent vers Poirot. Lady Chevenix-Gore leva les yeux, murmura « Assassiné ? Mais non, voyons ! » et dodelina de la tête d'un air indulgent.

— Assassiné, dites-vous ? (C'était Hugo qui parlait maintenant.) Impossible. Il n'y avait personne lorsque nous avons fait irruption dans la pièce. La porte-fenêtre était fermée, la porte verrouillée de l'intérieur, et la clef se trouvait dans la poche de mon oncle. Comment pourrait-il avoir été assassiné ?

— C'est pourtant bien ce qui s'est passé.

— Et le meurtrier s'est enfui par le trou de la serrure, j'imagine ? ironisa le colonel Bury, sceptique. A moins qu'il ne se soit envolé par la cheminée ?

— L'assassin est sorti par la porte-fenêtre, répondit Poirot. Et je vais vous montrer comment.

Il réitéra ses manœuvres avec la crémone.

— Vous voyez ? Voilà comment on s'y est pris. Depuis le début, le suicide de sir Gervase me paraissait invraisemblable. Avec un ego aussi prononcé, on ne met pas fin à ses jours.

» Et ce n'est pas tout. Apparemment, juste avant sa mort, sir Gervase s'était installé à son bureau, avait griffonné le mot DÉSOLÉ sur un bout de papier puis s'était tiré une balle dans la tête. Mais juste avant ce geste, et pour Dieu sait quelle raison, il avait changé la position de son fauteuil et l'avait installé parallèlement au bureau. Pourquoi ? Il devait bien y avoir une explication. J'ai commencé à entrevoir la lumière lorsque j'ai trouvé, à la base d'une lourde statuette en bronze, un petit éclat de miroir...

» Je me suis demandé comment un petit morceau du miroir avait pu atterrir là... et la réponse s'est imposée à moi : le miroir n'avait pas été brisé par l'impact d'une balle, *mais frappé par la statuette en bronze*. Le miroir avait été brisé délibérément.

» Mais pourquoi ? Je suis retourné devant le bureau et je me suis penché sur le fauteuil. Oui, je comprenais, cette fois. Tout était faux. Aucun candidat au suicide n'aurait tourné ainsi son fauteuil et ne se serait assis de guingois avant de tirer. Tout avait été arrangé. Le suicide n'était qu'une mise en scène !

» Venons-en à présent à un point capital. Le témoignage de miss Cardwell. Miss Cardwell m'a dit qu'elle s'était dépêchée de descendre hier soir parce qu'elle avait cru entendre le *deuxième* coup de gong.

Autrement dit, elle pensait avoir déjà entendu le *premier*.

» Et maintenant, faites bien attention. *Au cas où* Gervase aurait été assis de façon normale à son bureau quand il a été tué, où serait allée la balle ? Eh bien, en droite ligne, elle serait passée par la porte — si celle-ci était ouverte — pour aller en fin de course *heurter le gong* !

» Vous comprenez maintenant l'importance du témoignage de miss Cardwell ? Personne d'autre n'a entendu ce premier coup de gong, mais il faut se rappeler que sa chambre est située juste au-dessus de cette pièce et qu'elle était donc le mieux placée pour l'entendre. D'autant qu'il ne s'agissait que d'une note unique et brève, ne l'oubliez pas.

» Il était hors de question que ce soit sir Gervase qui ait tiré. Un mort ne peut pas se lever, pousser la porte, donner un tour de clef et s'installer lui-même dans la position adéquate. Il fallait que quelqu'un d'autre s'en soit chargé. Dès lors ce n'était plus un suicide mais un meurtre. Quelqu'un, dont la présence paraissait normale à sir Gervase, était à côté de lui et lui parlait. Sir Gervase était peut-être occupé à écrire. L'assassin pointe le revolver sur sa tempe droite et tire. L'action est accomplie. Vite, au travail ! L'assassin enfile des gants, ferme la porte et met la clef dans la poche de sir Gervase. Ah ! mais si on avait entendu le gong ? Dans ce cas, on comprendrait que la porte était *ouverte* et non pas *fermée* quand le coup de feu a été tiré. Alors, on tourne le fauteuil, on modifie la position du corps, on presse les doigts du mort sur la crosse du revolver, et on fait exprès de fracasser le miroir. A la suite de quoi, le meurtrier sort par la porte-fenêtre, la referme d'une secousse, marche, non sur le gazon, mais sur la plate-bande où les empreintes pourront être effacées plus tard, fait le tour de la maison et rentre par le salon.

Il marqua un temps avant de reprendre :

— *Il n'y avait qu'une seule personne dans le jardin*

quand le coup de feu a été tiré. Cette même personne a laissé des empreintes de pas sur la plate-bande et des empreintes digitales sur l'extérieur de la fenêtre.

Il s'approcha de Ruth.

— Et vous aviez un mobile, n'est-ce pas ? Votre père venait d'apprendre votre mariage. Il s'apprêtait à vous déshériter.

— C'est faux ! s'écria Ruth avec mépris. Il n'y a pas un mot de vrai dans toute votre histoire. C'est un tissu de mensonges, du début à la fin !

— Les preuves contre vous sont très solides, madame. Un jury *peut* vous croire. Il peut aussi *ne pas* le faire !

— Elle n'aura pas à affronter un jury.

Tout le monde sursauta et se retourna. Miss Lingard s'était dressée. Elle avait le visage ravagé. Elle tremblait des pieds à la tête.

— C'est moi qui l'ai tué ! Je le reconnais ! J'avais mes raisons... Je... je guettais le moment depuis quelque temps. M. Poirot a raison. Je l'ai suivi ici. J'ai pris le revolver dans son tiroir. J'étais debout à côté de lui, je lui parlais du livre... et j'ai tiré. C'était juste après 8 heures. La balle a frappé le gong. Je n'avais jamais pensé qu'elle pourrait lui traverser comme ça le crâne de part en part. Je n'avais pas le temps de sortir la chercher. J'ai fermé la porte et j'ai mis la clef dans sa poche. Ensuite, j'ai fait pivoter son fauteuil, brisé le miroir, et après avoir griffonné « Désolé » sur un bout de papier, je suis sortie par la porte-fenêtre et je l'ai refermée comme M. Poirot vous l'a montré. J'ai piétiné la plate-bande, mais j'ai effacé mes empreintes avec un petit râteau que j'avais mis là à cette intention. Ensuite, j'ai contourné la maison jusqu'à la porte-fenêtre du salon. Je l'avais laissée ouverte. Je ne savais pas que Ruth était sortie par là. Elle avait dû contourner la maison par-devant pendant que je la contournais par-derrière. Il fallait que je me débarrasse du râteau, vous comprenez. J'ai attendu dans le salon jusqu'à ce que j'entende quelqu'un descendre et Snell se diriger vers le gong. Et alors...

Elle jeta à Poirot un regard inquisiteur :

— Vous ne savez pas ce que j'ai fait à ce moment-là ?

— Oh, si, je le sais ! J'ai retrouvé le sac dans la corbeille à papiers. Excellente, cette idée. Vous avez fait comme les enfants. Vous avez obtenu un bang ! satisfaisant. Vous avez jeté le sac dans la corbeille et vous vous êtes précipitée dans le hall. Vous établissiez ainsi l'heure du prétendu suicide... et vous vous forgiez par la même occasion un alibi pour vous-même. Mais une chose encore vous tracassait. Vous n'aviez pas eu le temps de récupérer la balle. Elle devait se trouver quelque part, près du gong. Il était essentiel qu'on la retrouve dans le bureau, non loin du miroir. Je ne sais pas quand vous est venue l'idée de prendre le porte-mine du colonel Bury...

— A ce moment-là, répondit miss Lingard, quand nous sommes tous passés du hall dans le salon. J'ai été surprise de trouver Ruth dans la pièce. J'ai compris qu'elle avait dû rentrer du jardin par la porte-fenêtre. Puis j'ai remarqué le porte-mine du colonel sur la table de bridge. Je l'ai glissé dans mon sac. Si, plus tard, quelqu'un me voyait ramasser la balle, je pourrais prétendre qu'il s'agissait du porte-mine. En fait, je ne pense pas que quelqu'un m'ait vue le faire. Je l'ai laissée tomber près du miroir pendant que vous regardiez le corps. Quand vous m'avez interrogée à ce sujet, je me suis félicitée d'avoir pensé au porte-mine.

— Oui, c'était très astucieux. Cela m'a complètement brouillé les idées.

— J'avais peur que quelqu'un ait entendu le vrai coup de feu, mais je savais que tout le monde était enfermé dans sa chambre, en train de s'habiller. Les domestiques étaient à l'office. Miss Cardwell était la seule à pouvoir entendre, mais elle penserait probablement aux ratés d'une voiture. En fait, c'est le gong qu'elle avait entendu. J'ai cru... j'ai cru que tout s'était passé sans accroc.

— Que voici une histoire bien extraordinaire ! murmura Mr Forbes de sa voix lente et un tantinet pompeuse. On ne discerne ici nul mobile...

— Un mobile, *j'en avais* ! répliqua miss Lingard qui ajouta, avec fureur : Eh bien, allez-y ! Prévenez la police ! Qu'est-ce que vous attendez ?

— Voulez-vous nous laisser seuls ? demanda Poirot avec douceur. Mr Forbes, téléphonez au major Riddle. Dites-lui que je l'attends ici.

Lentement, un par un, les membres de la famille sortirent. Stupéfaits, choqués, ne comprenant rien, ils jetaient des regards furtifs du côté de la petite silhouette qui se tenait très droite, impeccable, avec ses cheveux gris séparés par une raie médiane.

Ruth sortit la dernière. Hésitante, elle s'arrêta sur le seuil.

— Je ne comprends pas, gronda-t-elle d'un ton provocant, accusateur. Deux secondes avant, vous pensiez que c'était *moi* qui avais fait le coup !

— Non, non, protesta Poirot. Non, ça, je ne l'ai jamais pensé un seul instant.

Ruth sortit à pas lents.

Poirot resta seul avec la petite dame d'un certain âge, tirée à quatre épingles et qui venait de confesser un crime intelligemment conçu et commis de sang-froid.

— Non, dit miss Lingard. Vous n'avez jamais pensé qu'elle l'avait tué. Vous l'avez accusée pour m'obliger à parler. C'est bien ça, n'est-ce pas ?

Poirot inclina la tête en guise d'assentiment.

— Pendant que nous attendons, vous pourriez me raconter ce qui vous a amené à me soupçonner, proposa miss Lingard sur le ton de la conversation.

— Plusieurs choses. Pour commencer, vos déclarations sur sir Gervase. Un homme aussi fier que lui n'aurait jamais parlé de son neveu à une étrangère de façon désobligeante, a fortiori à quelqu'un de votre condition. Ce que vous vouliez, c'était étayer la théorie du suicide. Vous avez également fait un faux pas en suggérant que son suicide aurait eu pour cause quelque chose de déshonorant concernant Hugo Trent. Cela non plus, Gervase ne l'aurait jamais admis face à une étrangère. Ensuite, il y a eu cet objet que vous avez ramassé dans le hall, et le fait, très significatif, que vous ne m'ayez pas signalé que Ruth était entrée par le salon en revenant du jardin. Et puis il y a eu le sac en papier... l'objet le plus invraisemblable qui se puisse trouver dans la corbeille du salon d'une maison comme Hamborough Close ! Vous étiez la seule à vous trouver dans ce salon quand on a entendu le « coup de feu ». Le truc du sac en papier sentait la manœuvre féminine à plein nez, l'ingénieuse recette-maison. Tout collait à merveille. La tentative de faire porter les soupçons sur Hugo Trent et de les écarter de Ruth. Le mécanisme du crime et son mobile.

La petite dame aux cheveux grisonnants s'agita.

— Le mobile, vous le connaissez ?

— Je crois, oui. Le bonheur de Ruth, le voilà, le mobile ! J'imagine que vous l'avez surprise avec John Lake et que vous avez tout compris. Et comme vous aviez accès aux papiers de sir Gervase, vous êtes tombée sur le brouillon de son dernier testament : Ruth déshéritée à moins qu'elle n'épouse Hugo Trent. Profitant du fait que sir Gervase m'avait écrit, vous avez décidé de prendre les choses en main. Vous aviez sans doute vu une copie de sa lettre. J'ignore quel mélange de peur et de suspicion l'avait poussé à me l'envoyer. Il devait soupçonner Burrows, ou Lake, de vol systématique. Et comme il ignorait les sentiments de Ruth, il a cru bon de faire appel à un détective privé. Vous en avez tiré parti pour mettre en scène un suicide, étayé par vos déclarations concernant des tourments liés à Hugo Trent que sir Gervase aurait éprouvés. Vous m'avez expédié un télégramme et vous avez raconté que sir Gervase avait dit que j'arriverais « trop tard ».

— Gervase Chevenix-Gore était un tyran, un snob

et un crétin imbu de lui-même ! répliqua miss Lingard, pleine d'une fureur sacrée. Je n'allais tout de même pas le laisser détruire le bonheur de Ruth.

— Ruth, c'est votre fille, n'est-ce pas ? s'enquit Poirot avec douceur.

— Oui... c'est ma fille. J'ai... j'ai souvent, très souvent pensé à elle. Quand j'ai appris que sir Gervase cherchait quelqu'un pour l'aider à écrire l'histoire de sa famille, j'ai sauté sur l'occasion. J'étais curieuse de la revoir... ma fille. Je savais que lady Chevenix-Gore ne me reconnaîtrait pas. Cela remontait à des années — j'étais jeune et jolie, alors — et j'avais changé de nom depuis. En outre, lady Chevenix-Gore est trop distraite pour avoir une notion précise de quoi que ce soit. Je l'aimais bien, mais je détestais les Chevenix-Gore. Ils m'avaient traitée comme un chien. Et maintenant, Gervase, à cause de son snobisme et de son orgueil, allait détruire la vie de Ruth... Seulement, moi, j'étais décidée à ce qu'elle soit heureuse. Et, heureuse, elle le sera... à condition qu'elle ne sache jamais rien à mon sujet...

Ce n'était pas une question... c'était une prière.

Poirot hocha la tête.

— Personne ne l'apprendra jamais de moi.

Miss Lingard répondit simplement :

— Merci.

Plus tard, après le départ de la police, Poirot trouva Ruth Lake dans le jardin avec son mari.

— Vous avez vraiment cru que je l'avais tué, monsieur Poirot ? lui demanda-t-elle d'un air de défi.

— Je savais, madame, que vous *ne pouviez pas* l'avoir fait... à cause des asters.

— Des asters ?... Je ne comprends pas.

— Il y avait quatre traces de pas sur la plate-bande, madame, et *seulement* quatre. Puisque vous aviez cueilli des fleurs, il aurait dû y en avoir beaucoup plus. Ce qui signifiait qu'entre votre première et votre seconde venue, *quelqu'un avait effacé toutes les empreintes*... Cela ne pouvait avoir été fait que par le coupable. Et puisque vos empreintes n'avaient *pas* été toutes effacées, ce ne pouvait pas être vous. Vous étiez automatiquement disculpée.

Le visage de Ruth s'éclaira.

— Ah, j'ai saisi ! Vous savez, c'est affreux à dire, mais je suis catastrophée pour cette pauvre femme. Après tout, elle a préféré avouer que de me laisser arrêter... en tout cas c'est ce qu'elle avait en tête. Dans un sens, c'est... assez noble. L'idée qu'elle va être traînée devant un tribunal et accusée de meurtre m'horrifie.

— Ne vous tourmentez pas, lui dit gentiment Poirot. Les choses n'iront pas jusque-là. Le médecin m'a appris qu'elle avait de sérieux ennuis cardiaques. Elle n'en a plus que pour quelques semaines à vivre.

— Ça me soulage.

Ruth cueillit un crocus et le promena distraitement sur sa joue.

— Pauvre femme. Je me demande pourquoi elle a fait ça...

Table

Composition réalisée par JOUVE

Imprimé en France sur Presse Offset par

BRODARD & TAUPIN

GROUPE CPI

La Flèche (Sarthe).
N° d'imprimeur : 27479 - Dépôt légal Éditeur : 53586-01/2005
Édition 03
LIBRAIRIE GÉNÉRALE FRANÇAISE – 31, rue de Fleurus – 75278 Paris cedex 06.

ISBN : 2 - 253 - 06380 - 0   ◈ 30/9661/7